索尼奇卡

【俄罗斯】柳德米拉·乌利茨卡娅 著
李英男 译

北 京 出 版 集 团
北京十月文艺出版社

总序

俄国是一个文学的国度，更是一个长篇小说的国度，从普希金的《上尉的女儿》、莱蒙托夫的《当代英雄》和果戈理的《死魂灵》起，到屠格涅夫的《贵族之家》和《父与子》、陀思妥耶夫斯基的《罪与罚》和《卡拉马佐夫兄弟》、托尔斯泰的《战争与和平》《安娜·卡列尼娜》和《复活》，长篇小说始终是19世纪俄国现实主义文学的主要构成和最高成就；在20世纪，肖洛霍夫的《静静的顿河》、帕斯捷尔纳克的《日瓦戈医生》、布尔加科夫的《大师与玛格丽特》、列昂诺夫的《俄罗斯森林》、格罗斯曼的《生活与命运》和索尔仁尼琴的《红轮》等长篇小说名作又相继面世，延续着俄语文学史诗性叙事的辉煌传统。进入21世纪以来，俄语作家在长篇小说领域的笔耕又有哪些新的收获呢？这套“俄罗斯当代长篇小说丛书”或许能让汉语读者对俄语文学长篇小说近30年的发展现状有一个窥斑见豹的了解。

本套丛书第一辑收入四部长篇，即佩列文的《“百事”一代》(Generation “П”，2000)、乌利茨卡娅的《库科茨基医生的病案》(Казус Кукоцкого，2001)、索罗金的《碲钉国》(Теллурия，2014) 和瓦尔拉莫夫的《臆想之狼》(Мысленный волк，2014)。丛书第一辑于2018年推出后在国内读书界引起较大反响，也得到俄罗斯有关方面的关注，俄罗斯翻译研究院（Институт перевода）主动提出新的篇目建议，并提供版权，在此基础上，我们又继续推出“21世纪俄语长篇小说丛书”第二辑，把乌利茨卡娅的《索尼奇卡》(Сонечка，1992)、维克多·叶罗菲耶夫的《我的父亲》(Хороший Сталин，2004) 和雅辛娜的《我的孩子们》(Дети мои，

2019）这三部小说译介给大家。从这七部作品的发表年代看，最早的《索尼奇卡》面世于1992年，最新的《我的孩子们》是2018年新作，它们之间的时间跨度近30年，将这七部小说串联起来读，能在一定程度上揣摩出当代俄国长篇小说的发展轨迹和创作现状。

这七部小说的六位作者（其中两部小说为同一作家的作品）都是俄罗斯当今文坛最有影响力的作家。从六位作者的出生年代看，最年长的乌利茨卡娅生于1943年，最年轻的雅辛娜生于1977年，他们年龄相差30多岁，却可被视为广义上的同一代作家，因为除雅辛娜外的几位作家有一个共同之处，即均在苏联解体前后登上文坛，并在近20年间最终确立了"健在的经典作家"之身份。

柳德米拉·乌利茨卡娅（Людмила Улицкая，1943年生）毕业于莫斯科大学生物系，曾在苏联科学院遗传学研究所工作，后去剧院做编剧。1992年，她因中篇小说《索尼奇卡》一举成名。小说的女主人公索尼奇卡在初恋失败后心如止水，阅读成为她的第二自然，嫁给一位名画家后她任劳任怨，成为贤妻良母，在丈夫有了外遇后仍对丈夫表示理解和宽容，甚至与丈夫的情人一同出席葬礼，但小说作者告诉我们，索尼奇卡并非一位传统型“愚忠”妻子，她在丈夫“不忠”后重新返回书本的世界，从“自然和物质”的领域步入“文化和概念”的领域，而拥有自己独立精神世界的女人才可能是真正幸福的女人。《库科茨基医生的病案》被视为乌利茨卡娅最成功的长篇小说之一，小说以一位医生的家庭生活来折射20世纪上半期的苏联社会，作者让时代的变迁和家庭的变故相互交织，把女性的叙事角度和细腻的心理描写融为一体，从而给出一份苏联时期知识分子家庭生活的文学纪事。乌利茨卡娅因为这部小说获2001年“俄语布克奖”，是该奖创建十年后的首位女性获奖者。2005年，根据这部小说改编的电视连续剧受到广泛欢迎。据统计，这部小说已被译成近30种外语。

弗拉基米尔·索罗金（Владимир Сорокин，1955年

生）早年毕业于莫斯科石油天然气学院，成为化学工程师，但后在《接班人》杂志社工作，凭爱好成为画家，为出版社做过图书装帧，他自20世纪70年代开始写诗，80年代加入地下文学运动，1985年在法国“句法”出版社出版第一部长篇《队列》，在苏联解体后的1992年，《队列》在俄罗斯境内的《电影艺术》杂志发表，引起广泛关注，作家从此被视为俄语后现代文学的主要代表之一。他后来陆续推出的重要作品还有《玛丽娜的第十三次爱情》（1995）、《蓝色油脂》（1999）、《冰三部曲》（2009）、《暴风雪》（2010）等。2014年面世的《碲钉国》是一部具有后现代色彩的反乌托邦小说或曰新乌托邦小说，小说以21世纪中期的欧洲为描写对象，描写人们为获得用特殊金属碲制成的钉子而展开的激烈争夺。在欧洲“新的中世纪”，在阿尔泰山区形成的新的“碲钉共和国”，人人趋之若鹜的“碲钉”成为一个核心意象，它既象征着人类文明的结晶，人们幸福和智慧的源泉，同时也指称黄金和财富，是人们内心深处的崇拜和欲望的客体，它有可能还暗指专制的权力、强加的异质文化和入侵的他人思想。正是这一形象的多重内涵和不确定所指，赋予了这部小说以广阔的阐释空间。2014年，这部小说获得俄语文学当下最重要的图书奖“大书奖”。

维克多·佩列文（Виктор Пелевин，1962年生）与索罗金一同被视为俄语后现代文学最重要的两位代表作家，他本人及其作品自上世纪90年代起备受追捧，据说“连平常只读电话簿的人”也纷纷捧读他的小说。他1985年毕业于莫斯科动力学院，1989年进入高尔基文学院，后在《科学与宗教》杂志社工作，在该杂志发表第一个短篇，1991年出版第一个短篇集《蓝灯》，此后的长篇《奥蒙·拉》（1992）、《昆虫生活》（1993）、《恰巴耶夫与虚空》（1996）等均引起广泛反响，2000年出版的长篇《“百事”一代》更是一时洛阳纸贵，据统计至今已在全球累计售出350万册。2011年，这部小说被改编成同名电影。这部小说以准作家塔塔尔斯基在苏联解体前后的生活经历为线索，再现了20世纪70年代喝着百事可乐长大的一代苏联人在社会剧烈转型时期的心路历程。在这部小说后佩列文“封笔”数年，后又发表《转折时期的辩证法》（2003）、《V帝国》（2006）、《t》（2009）、《蝙蝠侠阿波罗》（2013）和《玛士撒拉之灯》（2016）等长篇小说。佩列文的创作被批评界称为“佩列文现象”，自20世纪90年代以来的写作者乃至阅读者甚至被称为“佩列文一代”，但佩列文为人低调，从不抛头露面，以至于有读者怀疑是否真的存在这位作家，他们猜测这可能是某个热衷电脑创作实验的写作班子所采用的笔名。

阿列克谢·瓦尔拉莫夫（Алексей Варламов，1963年生）1985年毕业于莫斯科大学，在以普里什文的创作为题完成博士论文后不久，他成为莫斯科大学语文系教授，讲授20世纪初的俄国文学。他1987年起开始发表文学作品，1995年以中篇《生》成名，近些年来，他勤奋写作，一口气为青年近卫军出版社著名的“杰出人物传记丛书”写作了七部传记，即《普里什文传》《格林传》《阿·托尔斯泰传》《格里高利·拉斯普京传》《布尔加科夫传》《普拉东诺夫传》《舒克申传》。瓦尔拉莫夫自称，他的近作《臆想之狼》是他关于1914—1918年俄国文化生活的文学想象，是“讲述白银时代的个人尝试”。在作家看来，关于第一次世界大战和十月革命，人们从社会历史、政治军事等方面的思考已经太多，却很少有人从思想文化、个人心理等方面进行描述。斯拉夫人有这样一句古老的祷告词:“愿我躲开臆想之狼。”作家用“臆想之狼”这一意象来概括当时俄国人的精神状态和集体无意识，即一种强烈的焦虑、莫名的冲动和破坏的激情，但在作家笔下，被这一情绪所浸润、所笼罩的那个时代，却又是一个“混乱的时期、丰富的时期、饱满的时期、饶有兴味的时期”。

维克多·叶罗菲耶夫（Виктор Ерофеев，1947年生）的父亲当过苏联驻法国的外交官，作家少时生活在巴黎，后在莫斯科大学语文系和苏联科学院世界文学研究所学习，1979年因参与编辑地下文学辑刊《大都会》被苏联作协开除。苏联解体前后，他的文章《追悼苏联文学》引起激烈争论，他的长篇《俄罗斯美女》(1990）也曾蜚声文坛。《我的父亲》以斯大林身边一位高官与斯大林的关系和他对斯大林的看法为主线，以独特的角度和方式揭示了以作者为代表的一代人的心路历程。小说中的“高官”就是作者的父亲，但这又是一部地道的虚构小说，作者说其中只有“心理的真实”。这部小说曾被誉为“当代《父与子》”。

古泽尔·雅辛娜（Гузель Яхина，1977年生）是当今俄语文坛一颗冉冉升起的明星，她生于喀山，是鞑靼人，毕业于喀山师范学院外语系，1999年去莫斯科，任财经记者，2015年毕业于莫斯科电影学院编剧系。2015年，她的处女作《祖列伊哈睁开了眼睛》(Зулейха открывает глаза）一炮打响，出版后相继获得“大书奖”“亚斯纳亚·波利亚纳奖”“俄语布克奖”等当今俄语文学最重要的奖项，小说还被改编成电视剧。2018年，雅辛娜再接再厉，写出她的第二部长篇小说《我的孩子们》。这部小说以一位乡村德语教师在20世纪20—30年代的遭遇为线索，揭示伏尔加流域中部地区德裔人的历史命运。

将这七部俄语小说作为一个整体来阅读，我们大致能够归纳出新世纪俄国长篇小说体现出的几个新特征：

首先，从创作方法的角度看，当代俄语长篇小说似乎出现了现实主义传统与后现代主义时尚相互交织的局面。在上述六位作家中，维克多·叶罗菲耶夫、索罗金和佩列文均被视为俄语后现代主义文学运动的标志性人物，而乌利茨卡娅、瓦尔拉莫夫和雅辛娜的创作却被认为是相对"传统"的。俄语后现代文学发端于20世纪五六十年代，在苏联解体前后达到其鼎盛期，但近些年来，它作为一个整体的影响似在逐渐缩小；与之形成对照的便是，俄语文学的现实主义传统却似在强势回归。这两种文学倾向和潮流相向而行，其结果便是二者的相互渗透，具体而言，后现代作家似乎越来越注重情节叙事，最典型的例子就是索罗金的创作,《碲钉国》虽然并不好读，但与他之前的小说相比已然十分“传统”了；而在乌利茨卡娅、瓦尔拉莫夫和雅辛娜的小说中，我们也不难发现一些现代派文学、后现代文学影响的痕迹。于是，在当代俄语文学的长篇小说创作领域，一方面是后现代主义文学在巨浪拍岸后留下的余波，即它对传统长篇小说叙事模式的冲击和解构，另一方面则是现实主义文学传统在泰然自若的同时对包括后现代文学在内的新潮文学因素的积极吸收和借鉴。

其次，从体裁属性的角度看，当代俄语长篇小说似乎呈现出了某种交叉性和合成性。在这七部长篇中，《我的父亲》和《臆想之狼》似乎都在有意模糊虚构和非虚构两种文体之间的界限，《碲钉国》把乌托邦小说、社会讽刺小说、科学幻想小说的特征融为一体，《“百事”一代》的体裁属性更为模糊，其研究者给它戴上了众多帽子，如“广告话语小说”“宗教神话小说”“商场暗战小说”“社会寓言小说”等，这些定义是小说题材意义上的，也是体裁意义上的。与长篇小说自身的体裁属性的多元化形成有趣呼应的是，这几位作家的社会角色也是多重的，除佩列文外的五位作家都是当下俄罗斯十分活跃的文化活动家：身为高尔基文学院院长的瓦尔拉莫夫主办文学杂志，经常举办国际性的文学论坛；乌利茨卡娅创办基金会，积极介入俄罗斯的政治生活；维克多·叶罗菲耶夫是著名的电视节目主持人；索罗金不时在国内外举办个人画展；雅辛娜成名之后也开始在世界各地的文化活动中抛头露面。而编写影视和话剧剧本、撰写评论和杂文、接受媒体的采访、在国内外高校讲课等，都是他们热衷并擅长的活动。这些长篇小说作者似乎也和他们的作品一样，在尝试最大限度地拓展其存在的空间和影响的范围。

最后，从作品内容的角度看，当代俄语长篇小说似乎表现出了某种非情节化、非英雄化的趋向。这七部长篇，无论是地道的后现代小说还是相对传统的小说，都不再具有饶有兴味、贯穿始终的清晰线索，情节也并非始终围绕主人公展开，即便有主人公，他们也与俄语文学传统长篇中的主角不同，似乎不再是作者倾注情感着力塑造的对象，而遭遇到某种扁平化处理。长篇小说主人公的“非英雄化”，既是现代派文学和后现代文学潮流对于传统长篇小说创作范式的冲击和解构之结果，但在一定程度上恐怕也是生活自身的多元化、碎片化和非逻辑化等现实现象在文学中的显现和反映。但悖论的是，即便在这些情节淡化、人物扁平的当代俄语长篇小说中，我们分明仍能感觉到俄语文学的某些传统特质之渗透，比如对民族历史充满反思的追溯，对社会现实不无悲悯的关注，对人及其生活既温情又超然的观照，对文学及其力量既坚定又疑虑的信仰。

值得一提的是，这七部小说的作者均与中国有着各种各样的关联。除这七部小说外，他们的其他作品也有被译成汉语的，如佩列文的《恰巴耶夫与虚空》和《黄色箭头》、维克多·叶罗菲耶夫的《俄罗斯美女》、乌利茨卡娅的《美狄亚和她的孩子们》和《您的真诚的舒里克》、瓦尔拉莫夫的《生》、索罗金的《暴风雪》、雅辛娜的《祖列伊哈睁开了眼睛》等；乌利茨卡娅、瓦尔拉莫夫多次访华，佩列文据说曾悄悄旅行西藏等地，雅辛娜也曾应邀来华参加鲁迅文学院的国际写作计划。更为重要的是，在佩列文和索罗金这两位最重要的后现代作家的小说中，所谓“中国题材”均占有一定分量，索罗金在《暴风雪》中写到作为“向导”的“中国医生”，在《碲钉国》中也写到“莫斯科的中国人”，而对东方宗教极感兴趣的佩列文，其长篇小说《恰巴耶夫与虚空》更被称为俄语文学中的第一部“禅宗小说”。

在一片“作者已死”“小说已死”的哀叹声中，当代俄语的长篇小说作家们仍在积极写作，当代俄语的长篇小说仍在不断面世并产生影响；21世纪俄语长篇小说的样式和风格与普希金和托尔斯泰相比已显出越来越大的差异，但它们无疑仍是19世纪中后期形成的俄语文学长篇小说创作传统的延续和发展。

在“俄罗斯当代长篇小说丛书”第二辑出版之际，

本人作为丛书主编要向下列人士表示感谢：感谢俄罗斯翻译研究院院长叶夫盖尼·列兹尼琴科先生（Евгений Резниченко）主动提供《我的孩子们》一书版权，感谢北京十月文艺出版社韩敬群先生、王霆女士、韩晓征女士的辛苦编辑，感谢丛书各位译者的辛勤劳作！

刘文飞

2020年5月18日

于京西近山居

译者序

著名女作家柳德米拉·乌利茨卡娅于1990年代初在俄罗斯文坛上崭露头角，当时她已经50岁了。短短的时间内，她的两部优秀作品《索尼奇卡》与《美狄亚和她的孩子们》吸引了国内外许多读者，很快被译成法、英等文字，成为欧洲一些国家的畅销书。其中,《索尼奇卡》荣获1996年法国美第契外国文学作品奖，1998年获得意大利阿切尔比文学奖。1997年译成汉语，发表在《世界文学》杂志第6期，受到我国读者的好评。

柳德米拉·乌利茨卡娅于1943年出生于莫斯科，父母都是犹太知识分子。书香门第的浓郁气氛使她从小深受感染，酷爱读书，对文学更是情有独钟，不但积累了丰富的知识，还受到了犹太文化传统的熏陶。中学毕业后，她选择了很有发展前途的遗传学专业，进入莫斯科大学生物系。大学教育为她开辟了攀登科学高峰的捷径，使她顺利进入科学院生物研究所，开始了科学家的生涯。但是，乌利茨卡娅的天赋毕竟不在生物学方面，科研也不是她的终生志向。或许，她本人对此早就有所领悟。几年之后，她就借助于结婚生育、教养儿女的契机，断然退出科学界，在家练笔习文。起初，为剧团写些小品、小剧目，而后，进莫斯科犹太剧院担任文艺部主任，开始在文学领域中显身手，从创作电影剧本入手，经过20多年的默默努力，终于获得惊人的成功。

作者早期创作的题材大都体现了普通人的悲欢离合与错综复杂的家庭关系，情节描述追求自然、客观，通过日常生活中的琐事来反映一定的哲理和伦理观点。乌利茨卡娅的价值观、美学观无疑受到俄罗斯优秀文化传统的影响，同时又蕴含着她深层的犹太文化意识。特别是将家庭视为社会的中流砥柱、以家庭关系准则为伦理道德的核心，更是独具犹太文化的积淀。作者毫不掩饰自己的民族属性，刻意塑造一系列俄罗斯犹太人的形象，深入描述并揭示其思想及行为特点，这在苏联的文学作品中所见不多，可谓反映了苏联解体后俄罗斯文学的新动向。乌利茨卡娅的作品叙述风格冷峻，行文从容不迫，摈弃烦冗，语言简约，在情节发展关键时刻尤其惜墨如金，不事渲染。对女性人物形象入木三分的刻画，对女性心理特征准确恰当的把握，更是充分显示了女作家的优长。

这里奉献给读者的《索尼奇卡》集中体现了作者的思想和创作特点。1992年在俄罗斯颇具影响力的《新世界》文学杂志上发表的《索尼奇卡》是乌利茨卡娅的成名之作。《索尼奇卡》以写实手法平铺直叙地描写了一个普通的俄罗斯犹太妇女的一生。索尼奇卡高度近视，其貌不扬。她嗜书如命，上中学时经历了初恋的挫折后，更是一头埋在无边的书海里。战争爆发后，一个偶然机会，她认识了从国外归来的著名画家、堪称怪才的罗伯特。苏联肃反扩大化，把他打成“人民之敌”，当时正处于流放期。索尼奇卡仰慕罗伯特的才华，毅然同意嫁给他，心甘情愿放弃了与书相伴的平静生活，随丈夫四处迁徙，颠沛流离，受尽磨难。为了爱情，她勇敢地走出象牙之塔，拼命工作，挣钱养家，变成一个勤劳、务实、一心服侍丈夫和孩子的贤妻良母。“解冻”到来，家境好转，丈夫的事业屡获成功，女儿也已成人，而索尼奇卡自己的美好时光却已消耗在厨房，心力交瘁。这时，一个善于利用男人改变自身命运的妙龄女子出现在年迈体衰的罗伯特身旁，激发起他新的创作高潮。索尼奇卡陷入无限痛苦之中，不料丈夫并不想与她分手，依旧对她相敬如宾。索尼奇卡接受了这种微妙的局面，认那个娇小女子为“养女”，三人之家在公开场合露面，舆论哗然。面对各种非议，索尼奇卡泰然自若。她对丈夫并不嫌弃她这个苍老、憔悴的妻子而深感骄傲，同时又庆幸丈夫晚年能有一个年轻貌美的女性做伴，有利于激发他的创作灵感。罗伯特的体力迅速衰竭，不久猝然离世。索尼奇卡带着那个“养女”为丈夫成功地举办画展，使其声望大增、名扬内外。老年时期的索尼奇卡谢绝女儿和“养女”的邀请，坚持留在莫斯科那套简朴的住所里，重返昔日与书相伴的生活。她依旧沉浸在俄罗斯古典文学美妙的境界中，享受着平静、安澜的晚年……作品结尾，作者借他人之口，把索尼奇卡喻为《圣经·旧约》里雅各的第一个妻子利亚，委婉地流露出对她的赞美和同情。

此后，乌利茨卡娅写作连篇不辍，文笔日臻成熟，尤其是1996年发表的《美狄亚和她的孩子们》，更是赢得了读者的交口赞誉。21世纪相继问世的有十多部长篇小说和作品集，包括《库科茨基医生的病案》（2001年）、《您的真诚的舒里克》（2006年）、《翻译员丹尼尔·史泰恩》（2006年）、《绿色帐篷》（2010年）、《雅各布阶梯》（2015年）等。如今，乌利茨卡娅已是俄罗斯国内外最有名望的女作家之一。她的作品被翻译成30多个语种，其中有不少被搬上荧幕，以电影和电视系列剧的形式进一步提升了作者的知名度。2001年乌利茨卡娅成为获得俄语布克奖的第一位女性作家,2006年获得“优秀书年度奖”，而后又于2007年和2016年先后两次荣获“大书奖”。在国际上，她荣获法国文学艺术奖、意大利卡乌尔奖、奥地利国家欧洲文学奖等，2013年接受法国政府颁发的荣誉军团军官勋章。

如今，乌利茨卡娅被称为俄罗斯最成功的作家之一，她的两部作品在我国出版，将有助于新一代读者更好地了解这位硕果累累的作家，更全面地欣赏当代俄罗斯文学丰富多彩的画面。

李英男

2019年11月

早在孩提时代、刚刚告别了婴儿阶段不久，索尼奇卡[1]就一头钻进了书堆里。她哥哥叶夫列姆是家中的活宝，老是开着同一个一开始就算是老掉牙的玩笑：

“索尼奇卡看书时间实在长，屁股坐成椅子样，鼻子长成大梨样。”

遗憾的是，他这个玩笑并不太夸张：索尼奇卡的鼻子的确长得鼓鼓囊囊，像个大鸭梨。索尼奇卡本人细高个子，宽肩膀，干瘦的双腿，坐平的扁屁股，唯一的长处是农妇般的大乳房早早地就凸显出来了，但与她扁瘦

---

① “索尼奇卡”是主人公“索尼娅”的爱称。——编者注

的身体不相配，像是个外来物。索尼奇卡总爱耷拉着肩膀，把后背驼起，用宽宽松松的衣裳遮掩体形，为自己上身那毫无用处的富态和下身那令人沮丧的扁臀而感到害羞。

早已出嫁的姐姐心地善良，宽厚地赞美索尼奇卡的眼睛长得漂亮。其实她的眼睛长得很一般，是一双不太大的褐色眼睛。睫毛倒是出奇的茂密，长成三排，使肿大的眼皮老是下垂着。这也算不上什么优点，甚至是个妨碍，何况索尼奇卡近视眼，从小就戴上了眼镜……

从7岁到27岁连续20年来，索尼奇卡几乎不停地看书。一翻开书就像是失去知觉似的，一直读到最后一页才苏醒过来。

作为读者，她有非凡的才能，或许是天才。她对文字极为敏感，以至把杜撰出来的人物和现实生活中的亲人同等看待，把娜塔莎·罗斯托娃坐在临终前的安德烈公爵床边时的崇高的痛苦与她姐姐粗心大意失去4岁孩子后的悔恨完全等同起来，看成是同样的现实。她姐姐是因为和邻居聊天，没有注意这胖胖的、手脚笨拙、眼神迟钝的小姑娘是怎样掉进水井里的……

真不知这是什么原因，是完全不懂得凡是创作必含某种游戏成分这条道理呢，还是因为尚未成年的孩子那令人不可思议的天真，缺乏想象力，混淆了虚构与真实之间的界限呢，或者相反，是因为忘我地进入了幻想世界，使除此以外的一切都失去了意义和内容？……

索尼奇卡一心看书，似乎变成一种轻度的精神失常，入睡后也不能解脱，连做梦也像是在看书。她梦见一些引人入胜的历史故事，并根据故事情节去想象这本书中的字体，还能用奇特的方式感受到书中那些段落和省略号。爱书成癖引起的精神错位在梦中进一步加剧，使她变成名副其实的小说中的男女主人公，生存在一种微妙的境地：一方面对作家的意图有先见之明和深切感受，另一方面，又有自己采取行动的独立意识……

当时正值新经济政策渐渐失去活力的年代。索尼奇卡的父亲是白俄罗斯犹太人定居区铁匠的后裔，天生的机械能手。在实际生活中他也不缺心眼儿，他关闭了自己的修表店，又克服了对任何形式的流水作业的天生反感，到手表厂参加了工作，只能利用夜晚时间去修理不同民族的前辈用灵巧的双手所创造的各种独特的机械产品过过瘾。

母亲用干干净净的黑底白点三角头巾遮住假发（这一头可笑的假发她一直戴到死），偷偷地踩动着金格尔牌缝纫机，为左邻右舍缝制简单的布衣裳。这些衣裳与那个显赫而又贫穷的时代非常般配。至于那个时代所带来的恐怖感，对母亲来说，那就是威严的财政局检察官的名字。

索尼奇卡则在潦潦草草地完成作业后，想方设法逃避这个喜爱放开嗓门唱高调的1930年代的气氛，让灵魂进入伟大的俄罗斯文学的广阔天地去自由驰骋，时而沉入陀思妥耶夫斯基疑虑重重、心神不定的精神深渊，时而又钻出水面，走进屠格涅夫绿树成荫的花园小径，或进到当时不知为什么被当成二流作家的列斯科夫不讲原则地无限热爱的那些远离都市的小庄园里。

索尼奇卡从图书管理专科学校毕业后，到一个老图书馆的地下书库去工作，她是个少有的幸福的人，每到下班要离开这个积满粉尘、闷热不堪的地下室的时候，总有些依依不舍、没有过完瘾的微微痛感。一整天，有多少目录卡片，有多少白花花的借书单从楼上阅览室络绎不绝地送到她手里，又有多少沉甸甸的书压在她细瘦的胳膊上，但她总觉得不满足。

多年来，她把写书当作神圣的事业，把二流作家巴夫洛夫、巴夫萨尼及巴拉玛等人视为一类，只因为这些人的名字排在百科全书的同一页上。但渐渐地，她学会在浩瀚无边的书海中自行分辨狂涛和小浪、浪花和岸边水沫的区别，并认识到在苦行僧式的现代文学的专柜中这种水沫已经泛滥成灾。

索尼奇卡像个修女似的忘掉自我，在书库连续工作了好几年，最后被一个和她一样的读书狂的女上司说动，决心报考大学的俄罗斯语文系。她按照庞大、蹩脚的复习大纲背书准备，眼看就要参加考试了，突然间，这些希望全部破灭了，战争爆发的一瞬间改变了一切。

在她年轻的一生中或许这是第一个大事件，使她摆脱了埋头读书、成天恍恍惚惚的状态。她跟随那个年代在工具车间工作的父亲疏散到斯维尔德洛夫斯克市，很快又回到唯一可靠的生活环境，那就是图书馆地下室……

不知这是否是我国根深蒂固的老传统，一定要把珍贵的精神果实像土地所产的果品一样藏入冰冷的地下室，还是索尼奇卡命运中需要为未来的10年先打个预防针，因为这未来的10年她恰恰要陪伴一个来自地下的人一起度过。这个人，她未来的丈夫，是在疏散后第一个艰苦的年头中出现的。

罗伯特·维克多罗维奇来到图书馆的那一天，索尼奇卡正好接替生病的馆长在借书处值班。他个头不高，身材瘦削，头发灰白，如果不找她问法文目录在哪里，他本来不会引起索尼奇卡的注意。法文书图书馆里当然是有的，但目录因无人过问，早已不翼而飞了。傍晚时分，图书馆快要关门，没有人来借阅了，于是索尼奇卡带着这位与众不同的读者下到自己的地下室，把他领到偏僻的墙角有西欧文学专柜的地方。

他走到书柜前，歪着头惊呆了许久，那贪婪、惊讶的表情活像一个小孩看见一大盘蛋糕似的……比他高半头的索尼奇卡站在他的背后，被他的激动所感染，也屏住了呼吸。

他转过身来，突然吻了吻她那纤细的手说：

"真是个奇迹……如此的珍宝……蒙田……帕斯卡尔……"他声音低沉，富有感情色彩，犹如童年生病时所用的蓝光灯的灯光那样闪闪烁烁。他仍然拉着她的手叹了一口气，又加上了一句，"还有埃尔泽菲尔[①]版本……"

"我们这里有9本书是埃尔泽菲尔版本。"索尼奇卡既感动又自豪地点了点头，她对图书学是很熟悉的。他

① 埃尔泽菲尔家族为荷兰16—18世纪经营书店、出版业和印刷业的家族，出版的书籍印刷精美、设计考究，后被收藏家视为精品。

用奇妙的眼光瞥了她一眼，虽是自下而上，却像是自上而下地看着。薄薄的嘴唇微微一笑，露出残缺不全的牙齿。他迟疑了一下，仿佛想说什么重要的话，念头一转又改口说：

“请您给我办一个借书证，是这么个叫法吗？”

索尼奇卡把仍放在他干巴的掌心中的手抽了出来，二人踏着冰凉的阶梯一起上楼，楼梯贪婪地吸吮着每个人的脚上细微的热量……在这旧时富商宅院的小厅里，她首次亲笔写下他的姓名，这素不相识的姓氏两个星期以后就会变成她自己的姓。但现在她只知道笨拙地一笔一画地去写，紫蓝色的铅笔捏在补了又补的毛线手套中直打转。他凝视着她那洁净的前额，发现她与耐劳、温顺的小骆驼有奇妙的相似之处，他的心在微笑，他想：“连色调都是一致的：令人惆怅的深褐色，还有那温和的粉红色……”

她写完后，用食指推了推下滑的眼镜。她的目光既和蔼又平淡，像是在等待什么，原来他还没有说出自己的住址哩。

他的精神却极度慌乱，犹如万里碧空突然下起倾盆大雨，他深深感到命中注定的时刻到了：坐在他面前的就是他的妻子。

前不久他刚满47岁。他是传奇式的人物，但1930年代初期突然从法国回国，朋友们认为他的归来是毫无道理的，因此，原来关于他的传奇故事已和他分开，留在被德寇占领的巴黎、在奄奄一息的画廊里度着自己的风烛残年，陪伴着他那些古怪的画作。他的作品遭到诋毁，被渐渐遗忘，但是多年后还会复活，并在他身后给他带来辉煌。这些他当然不会知道的。眼下他是不幸者中的幸运者，只被判处短短的5年徒刑，刑满释放后又在一个工厂管理局当上了象征性的画匠。他穿着烧出洞的黑色棉袄，喉结凸出的脖子上围着灰色的毛巾，面带微笑地站在笨拙的姑娘面前。此刻他已经意识到，新的叛逆又要在他的心中发生。他一生的经历曲折多变，不断叛逆：祖先的信仰、父母的期待、老师的厚爱，他统统背叛过。他也背叛过科学，中断过友情。只要他感到自己的自由受到束缚，他的反应总是那样决然无情……这次他要背叛的是早在少年得志时所立下的终身不娶的誓言。终身不娶自然不等于固守童贞喽。

他喜爱拈花惹草，与女人相处只是为了满足自己，拼命地吸收这取之不尽的源泉所提供的养分，却又警觉地防备着产生依赖，绝不愿反过来为女性所用，深知女人对索取者慷慨无边，对给予者则残酷无情。

索尼奇卡的心里却依然无忧无虑。千万卷阅读过的书本把她的灵魂紧紧裹起，希腊神话的滔滔海浪，中世纪文学悠扬的长笛声，易卜生作品中云雾弥漫、寒风呼啸的哀伤，巴尔扎克烦琐的细节，但丁天堂般悦耳的诗歌，里尔克和诺瓦利斯富有诱惑力的尖声唱腔为她唱起了催眠曲，俄罗斯伟人绝望至极、怒冲云霄的说教又使她神魂颠倒。所以索尼奇卡无忧无虑的灵魂没有发现伟大时刻的到来，心里想的只有她是不是太过分，把本来限在阅览室阅读的图书冒昧借给一个读者……

“您的地址。”索尼奇卡和蔼地请求道。

“是这么回事，我是出差来的，住在工厂管理局。”这个不同寻常的读者解释道。

“那么要身份证，看看户口。”索尼奇卡说。

他在深深的衣袋里摸索了一番，掏出皱皱巴巴的介绍信。她戴着眼镜看了很久，最后摇头说：

“不行，您是州里来的……”

他感到一切都落空了，库柏勒[①]女神向他吐出红舌头在嘲笑。他把介绍信塞回衣袋深处。

“咱们这么办吧，我写在我的借书证上，您走前把书给我送回来。”索尼奇卡像是道歉似的说。

他明白了，一切都会好的。

“我只请求您注意点儿。”她和顺地说，把三本小书包在毛了边的报纸里。

他干巴巴地说了声谢谢，便走出门去。

---

① 希腊神话中的众神之母。

罗伯特·维克多罗维奇带着反感一路思考着男女间相识的技巧和搞对象的苦处。索尼奇卡则不慌不忙地结束了长长的工作日，准备回家。她对自己把三本珍贵的书籍轻松地交给一个陌生人，而且不知能否归还已经毫不感到忧虑了。现在她一心想的是要经过寒冷、黑暗的市区回家去。

女性有特殊的眼睛，类似传说中的第三只眼。小小的年龄，这种眼睛就能打开。但是索尼奇卡虽不能说闭着眼，也一直是眯着眼生活的。

14岁情窦初开时，她仿佛顺从了家族几千年来恰在此时让女儿出嫁的古老程序，对同班同学、可爱的翘鼻子维奇卡·斯塔罗斯金产生了爱慕之情。这种爱慕主要表现在目不转睛地朝他看这种不可抑制的欲望上。她那四处寻觅的目光不但引起了那张娃娃脸的注意，也吸引了全班同学。索尼奇卡本人还蒙在鼓里，他们却早已发现了这个有趣的节目了。

她竭力克制自己，把目光转向其他目标，譬如方方正正的黑板、练习本、沾满灰尘的窗户等等，但是目光像指南针似的总要自行转回，顽固地盯住那个黄头发的后脑勺，不停地搜寻着吸引她的那双蓝眼睛的冷冰冰的目光……同情她的女友卓娅悄悄地提醒她，不要这样盯着人，但索尼奇卡还是没有办法，她的眼睛贪婪地盯着这个黄头发不放。

这段经历以十分可怕的结局而告终，使她终生难忘。粗野的奥涅金对他这个默默的女崇拜者及其倾慕的眼光感到压抑和心烦，于是约她在小公园的偏僻小道上见面，往她的屁股上啪啪揍了两下。她疼倒不疼，却委屈得难以忍受。另有四个同学躲在树丛里，哈哈大笑，以示赞赏。这些“小特务”的粗俗行为本应受到谴责，但是战争爆发后的第一年冬天，他们就在战场上全部牺牲了。

13岁的骑士给小姑娘如此分量的教训，以致她病倒了，卧床不起，发了两个星期的高烧。可见爱情的烈火正用这种经典式的途径离她而去。等到她痊愈后再去学校，准备接受新的侮辱时，这可悲又可笑的经历已因另一件事情而骤然失色：全校有名的美人尼娜·勃里索娃晚上下课后在教室里上吊自杀了。至于这个心硬手狠的男主人公维奇卡·斯塔罗斯金，很侥幸，当时他已随父母搬到另一个城市去了。索尼奇卡痛苦地认识到她作为女人的经历已到此结束，没有什么盼头了，因此，再也不想去讨人喜欢、吸引和迷惑男人了。对那些成功的同龄女伴，她既没有产生毁灭性的嫉妒，也没感到心烦意乱的厌恶，她又投身于使她陶醉的狂热的爱好中，回头去读书了。

……两天以后罗伯特·维克多罗维奇又来了，索尼奇卡那天已不在借书处。他把她叫了出来。她从地下室上楼，一步一步地从黑洞里走出来，用近视眼看了许久才认出他来，而后像见到好朋友似的连忙向他点头致意。

“您请坐。”他将一把椅子拉过来说。

小小的阅览室里只有几个穿得厚厚实实的读者。室内很冷，暖气供应不足。

索尼奇卡坐在椅子边上。破破烂烂的布面棉帽放在桌边，旁边搁着一个纸包。那男人很仔细地不慌不忙地在解包。

“前回我忘了问，”他用快活的声音说。索尼奇卡听到从通用词中早已变成俗语的“前回”这一可爱的词语时，笑了起来。“忘了问您的名字。您大名是……”

“索尼娅。”她简短地回答，不时瞟一眼他解包的动作。

“索尼奇卡……很好。”他像是认可地说。

纸包终于一层一层地打开了。索尼娅看到一幅画像，一张质地松软的粗纸上用柔和的棕褐色画的女人像。画作水平极高，女性五官端正、秀气，不像是当代人。这是她索尼奇卡的画像。她吸了一口气，仿佛吸进一口大海上冰冷的空气似的。

“这是我的结婚礼物，”他说，“我此次来访的目的，就是要向您求婚。”他期待着看了她一眼。

索尼奇卡此时第一次看清了他：直线般的眉毛，细高的鼻梁，干瘦的平平的嘴巴，双颊上竖划着几道深深的皱纹，淡色的眼睛里闪烁着智慧和阴森的神情……

她的嘴唇略微一动，沉默着低下了头。她多么希望再一次看看这张不同寻常的引人注目的脸啊，但是维奇卡·斯塔罗斯金的阴魂在背后闪了一下，于是，她盯住画像轻盈曲折的线条看时，突然分不清上面画的是不是女人，更不像是她自己的画像了，便以微弱却又冰冷、推托的口气说出一句：

“您是在开玩笑吧？”

他听后一怔。他早已不做任何计划了，命运把他带到如此黑暗的地方，带到地狱的门槛，他那野兽般的生命欲望已几近枯竭，黄昏中人世间的生活对他来说已失去了吸引力，可现在他遇见的这个女人，灵魂深处闪烁着光芒。他预感到，若娶她为妻，她会伸出脆弱的双臂来扶持他那日益虚弱、伏在地上的生命，同时又觉得对从来没有家庭负担的他来说，这个女人会是个可爱的负担。他生来倔强，却又怯懦，一直回避做父亲的艰难、对妻儿的义务……不知他怎么会想到……怎么事先没有考虑到……或许她已经归属他人，比如一个年轻的尉官或是身穿破毛衣的工程师？

库柏勒女神再一次吐出尖尖的红舌头，向他挑逗。她那群欢快的随从中尽是些可怕的、放荡的，又都是他曾经认识的女人，她们在火红的光照下手舞足蹈。

他发出嘶哑的勉强的笑声，把画纸推向她那一方说：

“我不是开玩笑。我只是没有想到您可能已经结婚了。”

他站起来，拿起那顶不可思议的棉帽说：

“请您原谅。”

说罢，像个老军人似的猛然低下头发理得短短的头，鞠了一躬，向门口走去。这时索尼奇卡朝着他的背影喊了一声：

“等一等！不，不！我没有结婚！”

坐在阅览桌旁看报纸的老人很不满意地向她瞥了一眼。罗伯特·维克多罗维奇转过身，平平的嘴唇露出了微笑，又从刚才怀疑他会失去这个女人时所引起的慌乱陷入更为严重的恐慌：他根本不懂得下一步应该说什么，做什么。

气虚血亏的罗伯特·维克多罗维奇和天生瘦弱的索尼奇卡不知从哪里找到了力量，在苦难的疏散生活中，在贫困、压抑和竭力掩盖战争第一个冬季所带来的内心恐惧的狂热的口号中建设起新的生活。他们深居简出，与世隔绝，像是住在斯万族[①]的高塔里一样，同时又把二人原先各自的经历毫无遗漏地包容进去：既融进了罗伯特·维克多罗维奇如同黑夜中花了眼的飞蛾那种曲折的一生（他先是情绪高昂地闪电般从犹太学转向数学，后来又转向他的终身大事，用他自己的话来说，就是毫无意义地在纸上涂抹颜料来过瘾），也融进了索尼奇卡从他人杜撰的虚假的、迷人的故事吸取养料的生活。

现在索尼奇卡为他们的共同生活奉献的是高尚、神

① 居住在格鲁吉亚西部山区的民族。

圣的幼稚，还有对罗伯特·维克多罗维奇向她倾诉的重大、崇高又难以理解的事情的无限同情。令罗伯特·维克多罗维奇惊讶不止的是夜间长谈之后，他对过去总要重新回顾、重新认识。与妻子夜间的谈话，犹如神话中的点金石一样，替他洗刷着过去……

罗伯特·维克多罗维奇回忆说，五年的劳改营生活中最难熬的是前两年，后来他慢慢地适应了，开始给首长的老婆们画像，并接受模仿临摹画的订单……原画本是生命力衰退的艺术的可怜的代表作。罗伯特·维克多罗维奇临摹时，总要变换一下绘画技术而使自己得到消遣，譬如用左手画画，等等。借此他发现，换用左手作画时，对色彩的感觉也会随之发生变化……

从内心倾向来说，罗伯特·维克多罗维奇是个苦行僧式的人物，对生活的要求历来极低，但因多年来不能享用他认为是必不可少的东西，如牙膏、锋利的胡须刀、刮胡子用的热水、手绢和卫生纸之类，所以现在对点点滴滴的小事，对由于妻子索尼娅的存在而光彩夺目的每一天，对自己能奇迹般地走出劳改营、每星期只需去当地派出所报到一次、能享受相对的自由，对这一切的一切他都感到高兴……

他们的生活比许多人都要好。工厂管理局给了他一间没有窗户的地下室，就在锅炉房隔壁。室内很暖和，又几乎从来不停电。锅炉房的工人帮他们煮土豆吃。土豆是索尼奇卡的父亲送来的，他这个能工巧匠总能搞到一些补充性的食品。

有一次，索尼娅以平时不常有的略微激昂的口气述说起自己的理想：

“等咱们胜利了，战争结束了，我们的生活将会是多么美好……”

丈夫干脆、刻薄地打断她：

“不要幻想。我们现在的生活就很好。至于胜利嘛……吃人的野兽不管是哪一方获胜，我们俩总会吃亏的……”最后，他阴郁地说了一句莫名其妙的话，“我从老师那里获得的知识，使我既不当绿党，也不当蓝党……”

“你说什么?”索尼娅不安地问道。

“这不是我说的，是马可·奥勒留[①]说的。蓝党、绿党是根据跑马场上啦啦队所用的颜色而起的名字。我想说的是，哪一匹马跑第一，我是从来不关心的。对我们来说，这毫无意义。在任何情况下，被毁灭的是人，是人的私生活。睡吧，索尼娅。”

他把毛巾裹在头上——这是他在劳改营期间养成的古怪的习惯——转眼间就睡着了。索尼奇卡则久久地躺在黑夜中，因话未讲完而感到难受，竭力把更加可怕的猜想驱赶到一边：原来她丈夫有一种极为危险的意识，最好再也不要提及这些了——于是她将忧虑重重的念头转向另一方面，去注意小腹中揪心的悄悄的蠕动。她在努力想象，那里准是和她周围一样的黑暗无光，有四分之一火柴那样大小的小指头正在轻轻地抚摸着自己有生

① 马可·奥勒留(121—180)，古罗马皇帝。

以来头一个住处的柔软的墙壁。想到这里，她脸上露出了微笑。

索尼奇卡对书本上的故事的那种五彩缤纷的活生生的感受，现在则好像蒙上了一层薄雾，变得刻板、毫无生机。她忽然发现书本之外最小的一件事，如用自制的捕鼠器抓耗子，本已死去的枯枝插在水杯里发了芽，罗伯特·维克多罗维奇偶然搞到一把中国茶叶，等等，都比他人的初恋、他人的死亡，甚至比下地狱更加重要、更有意义。在下地狱这个文学极点上，这对新婚夫妇的审美观点倒是完全一致的。

在匆忙结婚后的第二周，索尼娅从丈夫那里了解到使她惊恐的情况：原来他对俄罗斯文学没有一点儿感情，认为俄罗斯文学过于直露，有倾向性，且喜爱说教，令人难以接受。唯独普希金，他认为是个例外……他们开始辩论，索尼奇卡口干舌燥，罗伯特·维克多罗维奇则冷静地据理力争。对他的论据索尼奇卡是不大理解的，最后，家庭辩论会以苦涩的泪水和甜蜜的拥抱而告结束。

固执己见的罗伯特·维克多罗维奇总要自己说了算，夜深人静、接近凌晨时，还是对渐渐入梦的妻子强行说了一句：

“瘟疫！从加马里伊尔到马克思这些权威，统统是瘟疫……还有你们那些……高尔基完全是靠吹出来的，爱伦堡吓得半死不活……阿波利奈尔也是吹出来的……”

说到阿波利奈尔，索尼奇卡醒过来问：

“阿波利奈尔你也见过吗？”

“见过，”他不大乐意地回答说，“是在上次战争时期……我和他同住过两个月。后来把我调到比利时伊普尔市附近。听说过这个城市吗？”

“是呀，伊普尔毒气[①]，我记得，”索尼奇卡嘟囔着说，对他那丰富的阅历深感钦佩。

“上帝保佑……那次放毒气的时候，我正好在阵地

---

① 伊普尔毒气：指在第一次世界大战期间，德军借助于从阵地吹向高地的微风，把毒气施放到联军阵地，最终攻下高地这一过程中使用的毒气。——编者注

上。不过是在山岗背风的地方，所以没有中毒。我天生走运……是个幸运儿……”为了再一次证实自己得天独厚的运气，他伸手抱住索尼娅的肩膀。

俄罗斯文学问题，他们再也没有辩论过。

孩子即将出生的前一个月，罗伯特·维克多罗维奇竭力拖延的模糊不定的派出期限最后还是到期了。他被勒令马上回到巴什基尔的达夫列坎诺沃村庄，直到流放结束为止。现在只能寄希望于未来了，索尼奇卡坚持相信这个未来是美好的，罗伯特·维克多罗维奇却持强烈的怀疑态度。

索尼奇卡的父亲和患严重肺病的母亲都劝她留下，哪怕等到分娩后再走也好，但是她坚决要和丈夫同行，罗伯特·维克多罗维奇也不愿意和妻子分离。为了这件事，老修表工第一次对女婿产生了不满，两人关系蒙上了一点儿阴影。老人此时已失去了儿子和大女婿，同罗伯特·维克多罗维奇之间建立了话语不多却相当亲密的关系。两人社会地位的不同，在这个颠倒的世界里虽不能说是无关紧要的，倒也显示出知识分子对无产阶级的所谓优越完全是虚假的。至于其他方面，文化冰山藏在水下的那一部分，两人又是完全一致的……

家人用一天的时间为索尼娅收拾了行李，这是让罗伯特·维克多罗维奇料理完所有事情所指定的期限。母亲泪流满面，急着缝做尿布，拿出平时舍不得用的细针，深情地把自己的旧衬衣裁改成婴儿装。索尼娅的姐姐用红毛线织着小袜子，两眼死死地盯着前方，她刚刚失去了丈夫，他在战场上牺牲了。父亲搞到1普特[①]小米，一边往小袋子里装，一边疑虑重重地不时瞟一眼女儿。索尼娅虽已怀孕8个月，但因近来消瘦得厉害，连裙子上的纽扣也不需要改钉。从身体变化中根本无法看出她有孕在身，只能根据脸庞变形、嘴唇浮肿等现象去猜测。

“是女孩，肯定是女孩，”母亲轻声说，“肚子里的女

① 1普特等于16.38公斤。

儿总要吃掉妈妈的容貌……”

姐姐呆若木鸡，只会点头，索尼奇卡则不置可否地笑着，心中暗暗地恳求：“上帝呀，如果可能，要个女孩……如果可能，要个黄头发的女孩……”

深夜里，铁路上的一个熟人把他们领到离车站1.5公里的地方，坐上了由3个车厢组成的小小的列车。车厢里还保留了厚实的真木装饰板，作为其高贵出身的遗迹，但软软的沙发和折叠桌子等普尔曼式车厢的豪华设施早已被拆掉，由硬板座来代替。

从斯维尔德洛夫斯克到乌法整整走了一天多，车厢里挤得水泄不通。这一路罗伯特·维克多罗维奇不知为什么一直在回忆1923年或1924年他年轻时候的情景，当时他第一次拿到一大笔稿酬，心血来潮地跑到巴塞罗那结识高迪[1]去了。

一路上，索尼奇卡把脚蹬在松软的被服包上，肩

---

① 安东尼奥·高迪（1852—1926），西班牙建筑师。

膀靠在丈夫干瘦的胸脯上，无所顾忌地睡大觉。罗伯特·维克多罗维奇则沉浸在回忆之中，记起他住的旅馆前面是一条弯弯曲曲、顺山坡而上的街道，窗下是简单可爱的圆形喷水池，记起陪伴他在巴塞罗那过了7天花天酒地生活的那个漂亮绝顶的妓女那深色的皮肤、雕刻般的鼻孔。他不断地在记忆中搜索着，轻而易举地找出一些栩栩如生的细节，比如，那个旅馆餐厅里的一个招待员，他长得活像个猫头鹰，还有那双奇妙的浅黄色牛皮制鞋，那是他在挂着巨型蓝色招牌、名叫“荷马”的商店里买的。连那个姑娘的名字他都想起来了，她叫孔切塔！是个外来的意大利人，生在阿布鲁齐……见到高迪时，倒没有留下什么好印象……25年后的今天，他那些稀奇古怪的建筑再一次活生生地浮现在他的眼前，形同草本，异想天开的产物，毫无真实感……

索尼奇卡打了个喷嚏，略微醒过来，嘟囔了几句。他握住她睡眠中的手，又回到乌法附近巴什基尔的荒野里。他摇着灰白的胡子笑了笑，心中纳闷：“我真的到过那些地方吗？现在在这里的是我吗？不，不，现实是根本不存在的……”

产期来临时，前期预兆一出现，罗伯特·维克多罗维奇就把索尼奇卡送到产院。产院位于平平扁扁的大村庄的边上，周围没有树木，土地也被来来往往的人踏平。是一栋“干打垒”筑成的土房，非常简陋，带有一排昏暗的小小的窗子。

唯一的医生是茹瓦尔斯基先生，一个年纪不小、皮肤白皙细嫩、常爱脸红的金发男子。他是波兰难民，前不久还是个时髦的华沙大夫，喜欢社交和美酒。此时，他背对着来访的病人，咬着长长的黄胡子，用小绒布擦拭着自己的大眼镜。身上的大褂子白得发蓝，虽不合时宜，却让人放心。他一天几次来到这个窗口往外看，看到的不是他华沙诊所窗外那条整整齐齐的耶路撒冷林荫大道，而是乱七八糟地长出几片脏草的土地，于是他掏出最后一块绿格子红底的英国手帕，轻轻地揩去眼上的泪水……

他刚刚为从40多公里外骑马来的巴什基尔族中年妇女做了一番检查，向卫生员喊了一声“给夫人清洗一下”，就站到一边来平息这种屈辱所引起的内心颤抖，苦苦地思恋着原来那些皮肤如同丝绸一般光滑的女病人，回忆她们百般保养的高贵生殖器所散发的那种甜蜜的奶香。

他感到背后有人，转过身来，发现长凳上坐着身穿破旧的浅色大衣的大个子妇女和一个穿着打补丁的外衣、头发灰白的尖脸男子。

“冒昧打扰，大夫，”这男子开口说，茹瓦尔斯基先生一听就知道他和自己是同类，同属受欺压的欧洲知识分子，脸上马上出现了似曾相识的笑容，向他走去。

“请，请……您是和夫人一起来的吗?”茹瓦尔斯基先生用稍带疑问的口气说，他注意到这两人年龄相差甚远，看起来不大般配，可能会有其他关系。他指了指门帘后面隔出的一间小小的检查室。

15分钟后，他做完检查，确诊即将临产，但嘱咐说要耐心等待，如果一切正常并按时进行的话，也要等到10点来钟。

索尼奇卡被安排上床，躺在硬邦邦的冰凉的塑料布上。茹瓦尔斯基先生像个兽医似的拍了拍她的肚皮，又走到巴什基尔族妇女的床边，问清情况，原来她3天前生下了一个死婴，开始一切还好，现在突然感觉不好了。

两个半小时以后，大夫走出门来，刮得干干净净的脸颊上挂着醒目的几滴泪水。忐忑不安的罗伯特·维克多罗维奇一直坐在那里，大夫凑近他的耳朵，悲痛地大声嘟哝着说：

“我该枪毙。这种条件下我没有权利动手术。我什么都没有，确实什么都没有。但手术又不能不动。一天之后，她会全身感染，非死不可！”

“她怎么啦?”罗伯特·维克多罗维奇想到索尼奇卡会死去，舌头发木，好不容易才问道。

“哎呀，上帝呀！请原谅！您的夫人一切正常，正在宫缩。我说的是那个可怜的巴什基尔女人……”

罗伯特·维克多罗维奇咯吱地咬了咬牙，心中骂了声娘。他讨厌这种随时想倾诉自己的内心活动的神经质的男人。他动了动嘴唇，扭头朝外看……

正当茹瓦尔斯基先生在门外说话时，索尼娅生下一个两公斤重的小姑娘，黄色的头发，小窄脸，跟索尼娅原先想象的一模一样。

索尼奇卡身边的一切发生了彻底的、深刻的变化，仿佛原来的生活转身带走了她如此热爱的书本内容，留下的是难以想象的艰辛、穷困、寒冷，还有为轮流生病的小塔妮娅和罗伯特·维克多罗维奇日日夜夜的担忧。

如果不是父亲给予的经常的帮助，他们一家人是活不下去的。父亲想方设法搞到一切必需品给他们捎去，使他们得以维持生计。父母一直劝索尼娅带上孩子搬到斯维尔德洛夫斯克市来度过最困难的时期，但索尼娅坚持回答：我应该和罗伯特·维克多罗维奇在一起。

一夏天阴雨绵绵，像是漫长的秋季，突然间，毫无过渡，又转入严寒的冬天了。在那栋又潮又冷、摇摇欲坠的破土房里，工厂管理局的地下室回想起来真像个热带乐园。

他们最关心的是柴火。罗伯特·维克多罗维奇在联合收割机技术学校里当会计，学校有时借给他一匹马，秋天他经常去草原割草。高高的干草酷似芦苇，其确切的名称他始终未能知晓。满满的一车干草只够烧两天，这是他去斯维尔德洛夫斯克前在农村过冬的经验。

他把草碾压成块，把自制的干草块堆放在小棚子里。他事先在屋里亲手铺好了地板，但没有考虑到需要挖个地窖来储藏土豆。现在只得把部分板子掀起来，把地窖挖好、晾干，再偷来一些木板，把它加固好。他还修起了厕所，使得他的邻居拉吉莫夫老大爷摇头直笑，因为当地人把有小圆窗子的木板厕所看成多余的奢侈，自古以来需要方便时，跑到门外“见见风”就行了……

他能吃苦，长着一身硬骨头，体力上的疲劳给他带来了精神上的安慰，因为他极其讨厌毫无意义地统计假数字，编写假报表、假证明来冲销被盗窃的汽油、零配件及附属农场私自送到当地市场卖掉的蔬菜，等等。负责农场工作的是蔬菜管理员，右臂有残疾的乌克兰人，他性格活泼，脸皮很厚，是个十足的老滑头。

然而，每天晚上他打开家门，在煤油灯着得很旺的光焰下，在闪闪发亮的烟雾中看见索尼娅，她坐在罗伯特·维克多罗维奇亲手改造成沙发椅的唯一一把木头椅子上，枕头般的大乳房露出尖尖的乳头，上面贴着如同网球一样大小的小脑袋，一头蓬乱的可爱的淡色头发。这一切在微微地晃动着，跳动着，一束束忽强忽弱的光焰，一股股看不见的温乎乎的乳汁，还有一些看不见、摸不着的电流，使他呆呆地停住脚步，忘记了关门。“门！”索尼奇卡拉着长音小声叫道。她喜笑颜开地迎接丈夫，把女儿横放在唯一的一张床上，从枕头下端出一锅热汤放在空空的桌子上。最好的日子里那是一锅浓浓的马肉汤，里面还有农场的土豆和父亲捎来的小米。

索尼奇卡天一亮就醒来，因为孩子开始轻轻地蠕动。她把孩子挪过来贴近自己的肚皮，半睡半醒地感觉到丈夫就在背后。她闭着眼解开衬衣，拉出一夜中胀得发硬的乳房，摁一摁奶头，让长长的两股奶水喷在小花布上，然后用它擦净奶头。孩子翻动起来，噘着小嘴咂吧咂吧地抓奶头吃，活像条小鱼捕捉大块鱼食一样。索尼娅的奶汁很足，下得很痛快。每次喂奶，孩子轻轻地碰撞、拉动乳头，没有牙的小嘴微微地咬动着乳房，都会给她带来快感。丈夫不知靠什么感觉竟能体会到她的感受，清晨天未亮，总要准时醒来，紧紧地抱住她宽厚的后背不放，像是妒忌似的。这种难以承受的双重幸福，使她浑身发麻，在晨光下默默地微笑着，愉快地用自己的身体去满足这两个宝贵的、与她合为一体的人的饥渴。

清晨的感受照耀着一整天，使所有的事情做起来都很顺当、轻松、干脆利索。每一天都有自己的特色，分别刻入索尼奇卡的记忆，或是中午下起懒洋洋的小雨，或是有一只铁红色的歪嘴大鸟飞来，落在篱笆上，或是孩子涨红的牙床露出一排高低不平的乳牙。这种细腻的记忆毫无意义、没有用处，但索尼奇卡确实把每天的轮廓、每天的味道和色调都一一记下，尤其是对丈夫在一些具体情况下所说的每句话她都万分重视，永生难忘。

多年以后，罗伯特·维克多罗维奇对妻子事无巨细一一记下的本领不止一次地表示过惊讶：她竟能把一大堆日期、时间、细节统统装入脑海。在孩子略微长大后，罗伯特·维克多罗维奇早已熄灭的创作热情重新焕发，给她做出了大量的玩具，索尼奇卡也能把这些玩具一个个地记起来。一些小玩意儿，如木头刻出的小动物、绳子编出的飞鸟、模样吓人的木娃娃等，索尼奇卡后来带到莫斯科去了，但她还一直怀念着留给拉吉莫夫一大帮儿孙、亲密相处的一群瘦麻雀似的孩子的那些东西：其中有给娃娃王做的折叠式的古城堡，里面有哥特式的尖塔和吊桥，有古罗马圆形剧场，配有火柴做的奴隶和野兽，还有一个相当庞大的结构，由拉杆和许多彩板组成，彩板拉动后咯吱咯吱响，奏起可笑的蛮人乐曲……

父亲的构思远远超出了儿童做游戏的本领。女儿虽然生来记性良好，和母亲一样对这一时期的生活保留了许多回忆，但没有记住这些玩具，部分的原因可能是1946年一家人从乌拉尔搬到亚历山德罗夫镇以后，罗伯特·维克多罗维奇用木条和彩纸给她做了许多神话般的城堡，富有创意地接近了后来被称为纸型建筑的作品。1940年代末50年代初，他们一家经常迁徙，那些经不起挪动的玩具也就因此损失了。

如果说，罗伯特·维克多罗维奇的前半生是从俄罗斯到法国，然后到美国、巴尔干、阿尔及利亚，再到法国，又最终回到俄罗斯这样疯狂地大步地在地球上冲刺，那么受到劳改营和流放的打击之后，后半生只能小步挪动，从亚历山德罗夫镇到加里宁市，再到普希金市，最后到利阿诺佐夫镇，用10年的时间慢慢地靠近莫斯科。虽然在他的眼中，莫斯科既不是雅典，也不是耶路撒冷。

战后的头几年，全家靠索尼奇卡来供养。她继承了母亲的缝纫机，也继承了能把袖子扎在袖口上的自学者的天真的勇气。多亏她的顾客要求不高，她自己又很认真，也不贪钱。

罗伯特·维克多罗维奇做的都是些半残废式的工作，不是在学校看门，就是在生产用途不明的又大又粗的铁柄的合作社里当会计。过惯了巴黎自由职业者的生活，罗伯特·维克多罗维奇即使能忍受国家愚蠢的凶残和虚伪，也绝对接受不了在单调古板的国家机关里担任什么工作。

他的艺术构思是靠雪白的图板来体现的，他在上面筑起原来逗女儿用的第三代纸片木条建筑，借此发挥出对展开图的特殊的视觉及对空间和平面关系极为准确的感觉，所以当他用整张纸剪出稀奇的造型，稍微一压、一折，再反过来叠成什么东西的时候，别人总是目瞪口呆，赞叹不已。曾经是为了女儿而想出来的游戏，现在变成他自己的游戏了。

索尼娅作为女性，她的信赖是没有边际的。一旦相信丈夫的天才，丈夫的一切作品都会使她钦佩得五体投地。她不懂得什么叫复杂的空间课题，更不理解丈夫巧妙的解题方法，但她感觉到，这些古怪的玩意儿反映出他的个性，反映出那些不可名状的精神动向，于是她抑制不住内心的幸福，默默地念叨着她灵魂中的主题曲："上帝呀，上帝，我不配有这种福气……"

绘画艺术，罗伯特·维克多罗维奇算是放弃了。他和小塔妮娅玩耍，逐步掌握了新的技巧。像往常一样，都是托机遇的福：有一次在亚历山德罗夫坐近郊电气车，遇上了著名画家蒂姆勒，他们两人早年在巴黎相识，回国后一直保持联系，直到罗伯特·维克多罗维奇被捕为止。蒂姆勒这个画家当时被扣上"形式主义"的帽子（谁能解释清，那些肆无忌惮的、披着合法外衣的无能之辈滥用这个字眼的时候，究竟指的是什么呢），转到剧团去避风。他来到罗伯特·维克多罗维奇家里，在木棚里站了一个半小时，端详着几幅构图以及下面写的几行阿拉伯数字和犹太字母。蒂姆勒是犹太人居住区的木匠的儿子，上过两年犹太小学，他对这些作品的非凡水平给了应有的评价，但没好意思去询问下面几行离奇的字样的含义是什么。而罗伯特·维克多罗维奇又根本没有想到去解释这些希伯来神秘哲学的字母与他少年时期偏爱犹太学所剩下的知识结晶及大胆地截断和翻转空间这种游戏之间的关系。

蒂姆勒喝着茶，沉默了很长时间，临走时皱着眉头说了一声：

“这里太潮啦，罗伯特。您可以把这些作品搬到我的画室去。”

这种提议意味着完完全全的承认，姿态很高，但罗伯特·维克多罗维奇没有接受。这些偶然问世的无名物体就这样销声匿迹，没有经得起反复搬迁，终于烂在另一个木棚里。

就在这个木棚里，大名鼎鼎的蒂姆勒给罗伯特·维克多罗维奇下了第一个订单，要他设计布景模型。没过多久，他的模型就在莫斯科的艺术界出了名，订单纷至沓来。他利用半平方米大的台子，一会儿设计高尔基剧本里的收容所，一会儿搭起某人死后无人接管的办公室，一会儿又筑起奥斯特洛夫斯基不朽话剧里的店铺来。

在堆放劈柴的木房、鸽子窝和吱吱响的秋千当中走来走去的是性格孤僻的塔妮娅。她很爱穿母亲的旧衣裳。个子高高的、瘦削的小姑娘把身子藏在索尼奇卡肥大的衣服里，腰间系了条褪了色的开司米头巾。硬挺挺的鬈发无法用梳子梳开，也梳理不成辫子，蓬散在瘦长的脸庞周围，像是长出软毛但尚未吹跑的蒲公英花籽。塔妮娅在污浊的空气中跑来跑去，周围散发着旧木桶、烂藤椅的气味，还有无用的旧家什投下的很黑很黑的阴影。转眼间，她又像变色龙似的消失在黑影中，久久地躲在那里不作声，听到别人叫她便浑身抽动起来。这一切引起索尼奇卡的不安，她向丈夫诉说着女儿神经质、经常发呆的异常情况。丈夫抱着索尼娅的肩膀说：

“不要管她。你不是也不愿意让她操练步法吗？……”

索尼奇卡试图培养塔妮娅看书的兴趣，但她听着索尼娅很有表情的朗读，眼睛却一动不动地发直，人也飘到索尼娅做梦也梦不见的地方去了。

结婚多年，索尼奇卡已从清高的小姐变成了很会过日子的家庭主妇。她梦寐以求的是正常人应住的房子，厨房里应该有自来水，女儿有自己的房间，丈夫有专门的画室，能吃上肉饼和糖水水果，床上不是用大小不一的三块布拼成的布单子，而是经过浆洗的雪白的床单。为了这个伟大的目标，索尼娅做两份工作，深夜还踩着缝纫机，背着丈夫偷偷地攒钱。此外，她还向往着和失去妻子的父亲合住到一起，因为父亲已几近双目失明，身体十分虚弱了。

由于经常挤长途汽车和破旧的电气火车，她在迅速地衰老。人老面丑，嘴唇上面原来就有的绒毛渐渐变成乱七八糟的不男不女的胡须。眼皮下垂，使脸上出现老狗一样的表情，而长期劳累造成的眼下黑圈，即使经过星期天休息或两个星期的假期也不能消除了。

但是，索尼奇卡与高傲的美人不同，对人老珠黄一点儿也不感到难受。由于丈夫无论如何比她年长，使她依然觉得自己青春常在，罗伯特又不知疲劳地狂热地履行着夫妻生活的义务，更使她相信这一点。她自觉不配的女人的幸福染红了每天每日的黎明，其光辉如此灿烂，她是怎么也适应不了的，灵魂深处悄悄地准备着随时丢失这种幸福。她深信这种幸福是偶然的，不知是因为阴差阳错还是疏忽大意才落在她头上的。可爱的女儿塔妮娅，她也认为是偶然的恩赐，妇科大夫也确认了这一点：索尼奇卡的子宫发育不全，即所谓“儿童子宫”，本来不能生育，所以在生了塔妮娅之后，她再也没有怀孕，这叫她难过得时常掉泪，总认为自己对不起丈夫的爱，因为再也不能为他生儿育女了。

1950年代初期，索尼娅下了很大功夫，费了很多周折，才贴钱换了住房，使全家人住进一栋两层木板楼房，占据其中四分之一的面积。这栋小楼离狄纳莫地铁站不远，位于几乎被砍光的彼得罗夫斯基森林公园内，是那里所剩不多的几个木板楼之一。房子很好，革命前是一个著名律师的别墅。周围还有花园，其四分之一也随同房子归属索尼娅一家了。

一切如愿以偿。塔妮娅在二层楼上有了自己的小房间。索尼娅的父亲临死前的最后一年也住进了一间偏房。有暖气的玻璃凉台变成罗伯特·维克多罗维奇的画室。全家在用钱方面也比过去宽松了一些。

由于换房的偶然巧合，罗伯特·维克多罗维奇安家在莫斯科的蒙马特附近，离画家城只有几步路。出乎他意料的是，原来他认为早已洗劫一空、夷为平地的地方，居然还有即便算不上志同道合，也总可以进行交谈的人。其中有俄罗斯的巴比松人[①]亚历山大·伊万诺维奇·K，他是无家可归的野猫和受伤落地的鸟类的保护者，作画时喜欢坐在光板地上，声称自己像安泰似的，屁股一着地，灵感就降临；有信仰佛教的秃顶乌克兰人

① 指巴比松画派的画家。巴比松画派为19世纪法国著名画派，由于画家在巴黎附近的巴比松村作画而得名。

格里高里·L，他喜欢把茶水和牛奶反复浇在水彩画上，使画纸变得像瓷器或丝绸一样的透明；还有头发花白、鼻子被打扁的诗人加夫里林，他是天生的绘画天才，在裁得不整齐的大片包装纸上能画出稀奇古怪的形象，当中再写上把词句和字体融合为特殊编码的长篇回文诗歌，使罗伯特·维克多罗维奇赞叹不已。

好景不长的解冻时期一开始，所有这些怪人就冒了出来，并聚拢在罗伯特·维克多罗维奇周围，使得他原来闭门索居的家庭渐渐变成某种意义上的俱乐部，由户主来扮演名誉主席的角色。

罗伯特·维克多罗维奇和往常一样话语不多，但只要他提出一句疑问，或轻轻地一笑，已误入歧途的辩论便会言归正传，或开始新的话题。沉闷多年、不敢吱声的国人开口说话了，但这种自由交谈还是要关着门进行，恐惧的阴影依然伴随其后。

索尼奇卡把塔妮娅的袜子套在光滑的蘑菇状的支架上，一边织补，一边侧耳听着男人们的交谈。他们的话题，从冬季的麻雀到麦斯特·爱克哈特[①]的梦幻，从沏茶的方法到歌德的色调理论，和所处时代的忧患均不相干，但是索尼奇卡满怀崇敬地听着这海阔天空的谈话，心里感到温暖，默默地重复着一句话："上帝呀上帝，我真配不上呀……"

扁鼻子的加夫里林喜好各种艺术，又有翻阅杂志的习惯。有一次在图书馆里，他借到一本美国艺术研究杂志，发现了一篇有关罗伯特·维克多罗维奇的长篇文章。生平简介那一部分里有些夸大其词地写道，他于1930年代死在斯大林的劳改营里。分析艺术作品的另一部分，语言相当深奥，诗人无法全部看懂，但从他能够翻译出来的片段足以看出罗伯特·维克多罗维奇几乎成为经典大师，至少也算得上欧洲目前风靡一时的一个艺术流派的急先锋。附加在文章后面的还有四幅彩色作品照。

---

① 爱克哈特（约1260—1327），德国中世纪神秘论代表人物。

第二天，罗伯特·维克多罗维奇就在巴比松朋友的陪同下前去莫斯科图书馆，查出了这篇文章，一看便火冒三丈，因为他发现这四幅图画中有一幅是莫兰迪[①]所作，和他毫无关系，另一幅翻印时又颠倒了。等他看完全篇文章后，更是怒不可遏，气呼呼地说：

“美国还在20年代的时候，在我的印象里就是个愚人国。可见至今也没有聪明起来。”

不过，加夫里林还是把有关这篇文章的消息传给左邻右舍，以至连活跃的、行动迅速的剧团画家们也想起了这个做模型的老头儿，跑来要和他重新结交。

这种交往带出了一个预料不到的结果，即罗伯特·维克多罗维奇被吸收为美术家协会会员，分到一间画室。这是一间很好的房子，窗户朝向狄纳莫体育场，与他在巴黎盖鲁萨克大街面向卢森堡花园的最后那间画室相比毫不逊色。

---

① 莫兰迪（1890—1964），意大利画家。

索尼奇卡已年近40岁了。她头发花白，身体发胖得厉害。罗伯特·维克多罗维奇变化不大，仍然像个蝗虫那么轻盈，那么干瘦，他们两人在年龄上的差距似乎渐渐地扯平了。塔妮娅对父母的衰老感到有些别扭，对自己的高个子、大脚、乳房也感到不好意思。她的各个部位都长得出格，和那个时代的规格是不符的，超常发育的少年当时还没有问世。但她和索尼娅不同，身边没有嘲笑她的哥哥，四面墙壁上挂的尽是她不同年龄的美妙的童年肖像，向她投去和蔼的目光，缓和了她对自己的不满。升入7年级以后，尚未长高的同班同学们和年纪比她大的男孩子们又纷纷向她提供了有力的证明，使她确信自己的容貌还是有吸引力的。

从幼儿时代起，塔妮娅所有的要求都能轻而易举地得到满足。慈爱的父母在这方面做得有些过分，常常跑到她愿望的前面去。什么小鱼、小狗、钢琴之类，只要她一开口，当即就会出现。

她一出生，周围就是可爱的玩具，无须他人参加的独自玩耍是她生活中的主要内容。结果是，告别了漫长的儿童阶段的游戏之后，她昏昏沉沉地晃了两三年，熬过了众所周知的过渡阶段，过早地发现了大人喜欢的究竟是什么游戏，于是全身心投入这一游戏之中，因为她清楚地意识到自己有权享乐，作为从未受过压抑的个性，她享有充分的自由。

塔妮娅从来没有过像索尼奇卡对维佳[①]·斯塔罗斯金那种丢人的感情或与之哪怕有一点儿相似之处的经历。虽然她不是一般人心目中的那种美人，也绝没有通常意义上的那种漂亮脸蛋儿，但是她那修长的脸庞、细高的鼻梁、蓬松的鬈发和清澈透明的细长眼睛却是十分诱人的。同龄男孩还欣赏她经常摆弄小玩意儿，如书本、铅笔、帽子等的习惯，她手中像是一个永不停歇的小戏台，只有坐在她身边的人才会注意到。

她经常跑到同学鲍里斯卡家里去抄写数学作业。有一次，她摆弄起他的手指和嘴唇上了瘾，意外地发现某

① “维佳”即前文“维奇卡”的大名。

种从不属于自己的物体，对它发生了极大的兴趣。晚间，朝向鲍里斯卡父母房间的门略微敞开着，这条亮堂宽敞的门缝和电视机前两个厚厚的黑影仿佛创造了特定的游戏环境。他俩严格地维护这一游戏的环境，嘴里说的和手里做的毫不相干。游戏一开始，他们像天真的小孩子一样互相问了一句："你从来没有试过吗?""那你呢?"紧接着，想要什么就有什么的小塔妮娅建议说："咱们就试试吧!"游戏的结尾，用直意和转意的话来说，就是短暂地引进了新的物体。

正火热间，隔壁房间不合时宜地请去吃饭，于是下一步的试验只能推迟到更加适当的时候去进行。

以后的约会都是趁父母不在的时候进行的。对塔妮娅来说，最吸引她的是重新认识自己的身体，她发现身体的每一部位，如手指、乳房、腹部、脊背等，对触摸的反应都不同，可以带来各种各样的美妙体验。这样的相互研究使二人得到很大的享乐。

这个瘦小的、满脸雀斑的男孩子，大牙凸出，嘴角发炎，但他还是发挥了非凡的才干。两个月来，年幼的研究家们从下午3点到晚上6点半兴致勃勃地耕耘着，直到鲍里斯卡的父母回家为止。他们充分地掌握了性爱的机械内容，除了友情和业务合作感以外，没有体验到任何其他情感。

后来二人之间发生了冲突，原因可称为技术问题。塔妮娅借去鲍里斯卡的几何笔记本，把本子丢掉了，告诉他时口气又非常轻松，连一声道歉的话都没有。鲍里斯卡是个认真仔细甚至有些刻板的人，他十分恼怒，主要的不是因为丢了本子，而是塔妮娅对自己不讲理的行为丝毫没有认识。塔妮娅骂他是讨厌鬼，他骂她是坏蛋，二人闹翻了。

鲍里斯卡腾出下午3点到晚上6点半的时间，开始用功钻研数学，并完全认定自己的天职在精密科学方面。小塔妮娅则无心安排自己的一生，躲进自己的小屋里，用长笛蹩脚地吹奏着僵硬的曲调，或咬着指甲看书……哦，可怜的索尼奇卡，她是在世界文学高峰上度过了明媚的青春，可惜她那没有文科常识的女儿看的全是幻想小说，国内外的幻想小说……

此时，塔妮娅跳跃不定的笛声吸引了成群结队的崇拜者。她周围的空气变得炽热起来，她那充满静电的鬈发高高竖起，用手一碰就会啪啪地冒出小火星来。索尼奇卡忙着开门、关门，接送一群群的年轻人，他们有的穿着织有棱角鲜明的野鹿等动物图案的毛衣，有的穿着紫蓝色制服上衣，这是1950年代末一个年迈的教育部长在智力衰减、怀旧情绪发作时所指定的陈旧的学生制服。

杰出的音乐家弗拉基米尔·A（后来他闹出了大事，留在欧洲了，在那些年代里这样的行为在我国被定为政治罪）在90年代末出版的一本回忆录里表现出非凡的文采，书中他描述了塔妮娅屋里的音乐晚会和她那音色极好却需要天天调音的直弦钢琴。他对这架古老的钢琴怀有亲切的感情，因为它向刚刚接触音乐的他揭示了凡物都有个性的奥秘。他对这架钢琴的叙述如同描写在儿童时代让他吃上难以忘怀的樱桃馅烤饼的那个早已去世的年老的阿姨一样充满了深情……

据弗拉基米尔·A回忆，正是在塔妮娅的房间里（那间房子有一扇形状独特的窗户面向花园，能看到主干分杈的老苹果树），他首次感受到创作上的相互理解，这使他激动不已，他心甘情愿地在演奏时自我贬低，好让腼腆的长笛能够占据更加突出的地位。

弗拉基米尔·A当时是个胖胖的活像印度貘的小男孩，他仰慕塔妮娅。塔妮娅在他的生平和灵魂中留下了深刻的痕迹，以至他后来在莫斯科和伦敦先后两次结婚时，他的两个夫人都无疑和塔妮娅同属一个类型。

她在音乐上的第二个伙伴是彼得堡的阿廖沙（这是他在莫斯科的绰号）。他与受过正统训练的弗拉基米尔很不同，擅长自由自在地弹奏吉他，还能用从口琴到两个罐头盒的所有能响的物品奏出声来。此外，他还是个诗人，操着高高的假嗓子大唱新兴地下文化的首创歌曲。

此外，还有几个男孩子算不上参加，顶多是出席这些晚会，但他们也是必不可少的，因为他们构成了喝彩的听众。未来的两个明星恰恰需要他们。

青年时代的罗伯特·维克多罗维奇也曾是无形潮流中的旋涡，但是那是另一种性质的潮流，知识分子味道更浓一些，也像塔妮娅的长笛一样吸引着年轻人。有趣的是，那些早熟的犹太男孩子(用现代话讲叫作Teenager[①])在战前斗争激烈的年代里所研究的不是当时时髦的马克思主义，而是希伯来神秘哲学的主要经书《光照篇》。那些来自基辅城郊犹太人居住区的男孩子喜欢聚集在罗伯特·维克多罗维奇的父亲、磨坊掌柜阿维格多尔的家里，隔壁住的就是施瓦茨曼，他是列夫·舍斯托夫[②]的父亲。20年后，在巴黎，罗伯特·维克多罗维奇和列夫过从甚密。

那帮孩子经历了战争与革命的年代，没有一个成为传统的犹太哲学家或传教士。他们统统成长为“自由思

---

① 原文为英文，指13~19岁的少年。

② 列夫·舍斯托夫(1866—1938)，俄国思想家、文学批评家。

想分子”。其中一个成为电影艺术启蒙时期的优秀理论家和运气略嫌不佳的实践家，另一个成为著名音乐家，还有一个是技术高超的外科专家，他们都是用同一种奶汁哺育起来的，用磨坊掌柜阿维格多尔屋檐下所酝酿的青春之火点燃起来的。

罗伯特·维克多罗维奇猜想到塔妮娅周围所发生的一切和他年轻时代基本相同，但是现在起主导作用的是另一种自然力，即他所敌视的阴性，再加上贫困和衰败对这一代人所打的折扣……

罗伯特·维克多罗维奇第一个发现，塔妮娅一些晚到的客人有时天亮才离去。罗伯特·维克多罗维奇一生都保持着早起的习惯。有一次早晨5点多钟，他从住房走到凉台上的画室，他喜欢在那里度过他认为是最清静的清晨时刻。他发现在刚刚落下的白雪上从台阶一直到外墙小门有新的脚印。过了两天，他又一次发现了脚印，便向妻子婉转地打听她姐姐是否在他们家里住了一夜。索尼奇卡惊奇地回答说，没有，阿妮娅姐姐没有过夜呀……

罗伯特·维克多罗维奇没有进一步调查，因为第二天他就看到一个身穿薄薄外衣的年轻人穿过花园走出去。这一发现，他没有向索尼娅透露。夜间，索尼奇卡把昏沉的脑袋靠在丈夫肩膀上继续发牢骚说：

“她不爱学习……什么也不想干……在学校里老是挨批评……还有她的那个老师……赖莎·谢苗诺夫娜……她说些不三不四的话……”

罗伯特·维克多罗维奇安慰她说：

“算了吧，索尼娅，别管这些事了。这些死气沉沉的东西味道实在难闻……让她离开这个可悲的学校吧。谁还会要这种学校呢……”

索尼娅一听就害怕了：“那怎么行呢！读书上学是要紧的呀。”

“别说啦！”丈夫打断她的话，“不要勉强孩子了。不想学，就拉倒。让她练习吹笛子也同样有用嘛……”

“可是那些男孩子，罗伯特，我真不放心……”索尼奇卡胆怯地发动进攻说，“我觉得其中有一个在她那里待了一夜，第二天她就没有上学去……”

罗伯特·维克多罗维奇沉默着，没有把清晨观察到的情况告诉索尼娅。

自从塔妮娅和鲍里斯卡告吹，出现了地地道道的小狗发情的局面。激素过剩的少年尾随着她顽固地转悠，不停地纠缠着。她同几名追随者尝试了一些新的游戏。但是一比较，还是鲍里斯卡在各个方面都把他们比下去了。

开春后，情况很明朗了，塔妮娅显然已不能升到9年级了。学校里的麻烦变得无法忍受，于是罗伯特·维克多罗维奇没有告诉索尼娅，就把塔妮娅的材料送到夜校去了。这一件事给全家，首先是给他自己带来了意义深远的后果。

随心所欲、不容抗争的命运曾经把索尼奇卡安排给罗伯特·维克多罗维奇做妻子，现在又降临到塔妮娅头上。夜校的清洁工，又是她的同班同学，18岁的亚霞成为她狂热恋慕的对象。亚霞是个小巧的波兰姑娘，脸蛋像刚刚下出来的鸡蛋那样光亮。她们坐在倒数第二排桌上，慢慢地交上了朋友。块头大、动作幅度也大的塔妮娅以崇拜的目光望着像小药瓶一样透明、清洁的亚霞，为自己的腼腆而感到痛苦。亚霞沉默寡言，矜持而又高傲，对塔妮娅偶尔提出的问题只给以简短的答复。她父母是波兰共产党员，法西斯入侵后被迫各奔东西，父亲逃往西方，母亲带着吃奶的她跑到东方，来到俄罗斯。母亲没有消逝在人口众多的国家里，被人道地流放到哈萨克斯坦，忍受了10年的熬煎，最后，抱着她那些高尚、疯狂的理想含冤离世。

亚霞被送进孤儿院，表现出非同一般的生命力，在像是有意地逐步摧毁孩子的身心健康的环境中得以生存下来，并靠自己善于充分利用现有条件的本事逃了出来。

她那灰色的大眼、高高挑起的眉毛和猫咪般温柔的小嘴，像是在乞求着庇护。庇护者果然不乏其人，其中有男也有女，而她，因天生酷爱独立，通常更喜欢男的，她很早就掌握了报答他们的廉价办法。

当她被分配到专为孤儿开办的一个可怕的技工学校，又经过周密的安排逃出这个学校后，她最近的一个庇护者出现了。这是一个大胖子，40来岁的鞑靼人拉维尔。他是列车员，把她一直送到莫斯科市的喀山车站。这是她筹划攀登高峰的起点。在她大格子提包里珍藏着一本前不久刚给她办好的、从校长办公室里偷出来的身份证，还有在火车开近奥伦堡、拉维尔睡着时她从他那里摸走的货币改革前的23个卢布。这些偷来的钞票，她并不觉得烧手，其原因有二：一是从那厚厚的一沓钱中她只拿走了少数几张，二是这4天4夜的路上她为拉维尔干了不少活儿，觉得自己完全有权拿到这笔钱。

拉维尔根本没有发现路上丢了钱，所以一天以后小姑娘没有来7号车厢找他，他很难过，因为她答应他一起回哈萨克斯坦的。

亚霞对自己不久前还是个天真的傻姑娘抱着含蓄的宽容态度，她微笑着告诉塔妮娅，当时她跑到喀山车站公共厕所里，把衣服脱光，在洗脸池里把灰色的铁路毛巾浸湿，从头到脚擦净全身，使聚集在这个气味难闻的地方的亚洲妇女们目瞪口呆。接着，她从那个大格子提包里掏出用双层报纸包起的、早已备好的碎褶领子白色衬衣，换好衣服，把毛巾扔进破纸篓里，便出发去征服莫斯科了。首先准备攻克的就是最近的阵地，即著名的三车站广场。

大格子提包里放着两条裤衩、一件蓝色脏衬衣、一本抄写诗歌用的笔记本，还有一沓电影明星的照片。亚霞性格坚强、思维敏捷，却天真到不可思议的程度：她幻想成为电影明星。

这一切的一切像是注定要让亚霞当上职业妓女，但这一现象没有发生。

她在莫斯科待了两年后，取得了不少成绩：她已经拿到临时户口，在夜校当清洁工，在学校储藏室里有了临时的住处，片警马利宁经常去那里探望她。这个上了年纪的大红脸是她的恩人，命运临时赠送给她的这些东西都是经过他的手转交的。马利宁的来访总是短暂的，对亚霞不构成负担，对马利宁本人来说也没有太大的吸引力，但他收贿、敲诈成癖，既然亚霞那里没有什么油水，那么只能给什么要什么了。

就在这间储藏室里，亚霞躺在正好代替床铺的运动垫子上，向塔妮娅讲述了自己的故事。塔妮娅把这一切都装进心里，百感交集，怜悯、嫉妒顿时涌上心头，并为自己无比幸福的生活感到脸红。亚霞把自己所记得的一切，详细、准确、干巴巴地诉说出来，突然以旁观者的眼光审视这一段经历，对它产生了刻骨的仇恨，从此以后再也没有向任何人透露这一真情。她为自己虚构出新的来历：贵族出身的祖母、波兰庄园、法国亲戚，等等，到一定时候，还会像儿童玩具中铁盒子里的小鬼似的突然蹦出来什么亲戚……

除了亚霞的储藏室之外，学校还有一间宿舍。那里住的是俄语语文教员、战争中成为烈属的泰西娅·谢尔盖耶夫娜。对马利宁的来访，她是很不赞成的，但是让亚霞照看自己的小孩，干一些洗洗涮涮的活儿，她觉得是可以的。为了报答这个邻居的帮助，她允许亚霞借阅她书柜里的书籍，还可以不上语文课。泰西娅·谢尔盖耶夫娜更愿意叫她在上课时间给自己看孩子。

下了班以后，亚霞躺在有汗味和皮革味的运动垫子上，背诵着克雷洛夫的寓言，不会背诵，就永远也考不上任何戏剧学校。此外，她还小声朗读莎士比亚的剧本，从第一卷一直读到最后一卷，用悲剧的声调扮演着所有的女角，从普洛斯彼罗的女儿米兰达到佩力克利斯的女儿玛丽娜。

夜校的老师们上午给小同学、白班的学生上课，搞得很疲惫，对夜校学生的作业要求不严。何况这个班级有一半学生是附近宿舍的警察。这些疲劳的年轻男子坐在灯光昏暗的教室里安静地打着瞌睡，他们只要成绩及格，就可以顺利升学，有人去学法律，有人上党校……这个班的课桌，只有亚霞一人觉得合适，其他人都经常卡在这些专门为折磨小孩而想出来的木头“刑具”

里……

动作幅度大而猛烈的塔妮娅，行动起来声音很响，像匹无拘无束的马驹。坐下来时，总要把课桌猛然一推，叫亚霞的小脑袋忍不住地弹起来。亚霞起身时，则轻轻地掀开桌盖，柔顺地滑动着胯骨，从狭窄的过道走向黑板。她的下身像是跟不上上身似的，尚未迈出的那条腿稍稍拖在后面，踮着脚尖停留片刻，膝盖的动作则像是在掀动晚礼服的厚厚的长裙，而不是破旧的小短裙。那柔软的腰身也与众不同，身体的每个部位都有自己特殊的动作。乳房微微起伏，胯骨左右摆动，脚腕儿来回扭转，这一切绝不是故意卖弄风骚，而是一种引人注目、令人赞叹的女人形体的音乐。30来岁的警察丘里林，算不上年轻，方方的大脸被战火烧成黑麻子，他朝着亚霞的背影不停地摇晃脑袋，嘴里嘟囔着：

"瞧她……嘿……"

也不知道这"嘿"字表达的是反感还是赞美。不过亚霞可不理会这些，所以除了丘里林的这个"嘿"字以外，警察们没有做过多的表示。

回家的路上，在公园的暮色中，塔妮娅总想模仿这种步态，试图用自己的膝盖、胯骨和肩膀奏出和亚霞一样的音乐。她伸着脖子，拖着腿，摇动着胯骨。她嫌自己的个子太高，妨碍她显出像亚霞那样的飘逸诱人的美姿，就故意驼起背来。“她真像个花仙子。”塔妮娅这样想着。她练累了芭蕾舞步，拔腿向家走去。她自由地甩开大长腿，胳膊不规则地来回摆动，仰着头，把被雾气打湿的头发甩向脑后。罗伯特·维克多罗维奇晚间经常去公园迎接女儿，很远就能认出她的步态，看出这些并不协调的动作恰好反映了她的个性。女儿已经长大，比他高出半个头，充满了活力，又如此笨手笨脚，使他不能不露出快意的笑容。

父女二人都喜欢这个暮色沉沉的公园，珍视他们之间心照不宣的关系，暗暗地证实了他们对付索尼奇卡的默契。罗伯特·维克多罗维奇是因为生来自我清高，塔妮娅则是因为年轻加遗传因素，所以二人自信是知识分子精华中的精华，把油盐酱醋之类的琐事留给索尼奇卡去料理。

索尼奇卡对自己的命运没有任何怨言，也从不去嫉妒这两位仙人。她埋头把锅碗瓢盆刷得干干净净，一门心思把饭菜做好（她还从姐姐那里借来一本叶莲娜·莫洛霍维茨著的烹调书，用洇得模糊了的紫色墨水把它摘抄下来，做菜时总要核对一下），用大锅煮衣服、漂白、上浆。罗伯特·维克多罗维奇有时站在她宽宽的背后，注视着这些漂白粉、细麦糁、削成碎片的洗衣皂、扁豆之类，用他特有的敏锐的眼光发现索尼奇卡搞家务确有艺术性，显示出智慧和创作之美。“蚂蚁的世界也充满了智慧……”这种想法一闪而过，随即他把门关紧，又钻进暖和的阳台，和粗糙的白纸、白铅粉及其为数不多的一些他用来严格要求自己练笔的东西打交道去了。

对妈妈的厨房生活，塔妮娅是不关心的，现在，她生存在爱慕的薄雾之中。每天早上她醒来，总要闭着眼睛久久地躺在床上，想象着亚霞，或虚构着她和亚霞在一起的一些美好的场面：有时她和亚霞骑着白马在绿油油的草地上奔驰，有时乘游艇在大海，比如说地中海上航行。

由于她对神圣的大自然器具的态度过于放肆，使她的本能发展得不大正常。她一方面和英姿勃勃的男孩子在一起，快活地分享着肉体之乐，另一方面，心灵又向往着高尚的精神交往、彻彻底底的感情交流。她的灵魂选择了亚霞，她设法用理智为此寻找理由，做出合理的解释。

“哎呀，妈妈，她看上去很弱小，轻飘飘的，实际上力气可真大呀!”塔妮娅赞不绝口地说，她给妈妈讲述着新交上的朋友的情况，讲她在孤儿院的艰难生活，逃跑、挨打和争取胜利的故事。亚霞给塔妮娅讲这些故事的时候，出自本能的谨慎，回避了一些事情，没有告诉她母亲被流放、她少儿时期不得不廉价出卖肉体、后来又养成小偷小摸的积习等情况。

但是，塔妮娅讲述的这些已足以叫索尼奇卡对这个孩子的痛苦产生怜悯，并联想出塔妮娅想不到的事情。“可怜的孩子，真可怜啊，”索尼娅心里想着，“搞不好，我们的塔妮娅也有可能会这样，我们的生活本来也是很坎坷的……”

于是她回想起上帝保佑他们免遭灭顶之灾的许多事情，如罗伯特在亚历山德罗夫坐电气车，被人从车厢里推了出来；她刚离开办公室，房间大梁突然倒塌，有一半房间埋在暗红色的老砖头下面；她还得过化脓性阑尾炎，差一点儿死在医院的手术台上……“可怜的孩子呀。”索尼奇卡感叹道。于是，这个素不相识的姑娘呈现出和塔妮娅一样的轮廓来……

元旦前，塔妮娅一直未能把亚霞请到家里来。亚霞总是耸耸肩膀，反复推辞，也解释不清她为什么如此顽固地谢绝邀请。

其实，她早已既强烈又模糊地预感到一个新的、前途无量的空间即将出现在她面前，所以，她像决战前的统帅一样，暗地里做着周密的准备，把虚无缥缈的希望都寄托在这次来访上。

她去尼基塔大门旁的绸布店买了一块摸起来凉丝丝、看起来热乎乎的、颜色火热的塔夫绸，深夜里，一针一线地亲手缝制了一件漂亮的时装。其心态就像一个有了身孕的女人，总有些担心给尚未出生的孩子提前做衣裳会给整个分娩带来不吉利的影响。

12月31日晚上11点多钟，她来了。桌上已摆满佳肴，周围坐的是巴比松画家、诗人，还有一个鸟鼻蛙嘴的导演。她尚未看清这些大人的面孔，心里却已经欢欣雀跃起来，深知自己终于打中了期待已久的靶子。她所需要的正是他们这些成熟、独立的男子，有了他们，她才能快步起飞，才能争取完全、彻底的胜利。

她以温柔、感激的目光向塔妮娅瞥了一眼，脸颊上扑了红粉的塔妮娅见到她，顿时满脸生辉，幸福无比。塔妮娅直到最后一分钟还不能肯定亚霞是否会来，现在她为亚霞的美而感到自豪，仿佛这是她创意塑造的杰作似的。

亚霞的塔夫绸连衣裙发出响亮的唰唰声，金黄色的浓密的头发像是用整块透明的松脂浇塑成的，齐齐地落在肩上，和那年走红的影片《妖女》里的女主角玛丽娜·弗拉吉一模一样。连衣裙袒胸露背，小山羊般的乳房紧靠在一起，当中形成一条温馨的小沟蜿蜒而下。细细的腰身紧紧裹起，突出了高脚杯似的体形；坚实的小腿下面露出细挑的脚脖，手腕与略微发胖的胳膊相比也显得格外细嫩。罗伯特·维克多罗维奇也无意中注意到她不像吉他那样粗犷，而是像小酒杯那样亮丽。

索尼奇卡有些失望。她早已对塔妮娅的好朋友的苦难命运产生了同情，现在看到的却不是蓬头垢面的灰姑娘，而是身着盛装、描了眼圈儿的丽人，迷人可爱的斯拉夫金发女郎，对这一点她是没有思想准备的。

亚霞简短地回答着别人的问题，眼睛一直向下看着，只有当她像个谦恭的女王、学着已故母亲的央求（确实是央求）的口吻说："谢谢，不"或"好，十分感谢您"的时候，她才把涂上睫毛膏的睫毛抬起来看人。她的话语虽不多，敏捷的耳朵却能听出那“V”“L”不分的波兰口音。

索尼奇卡殷勤地给亚霞添菜加饭，亚霞叹着气推辞着，但最后还是把鸭腿、肉冻、蟹肉沙拉等统统吃掉了。

“我真吃不下了，谢谢您。”亚霞的口气既可爱又可怜，弄得索尼奇卡心里的同情感总也不能平息：可怜的孩子，孤苦伶仃，孤儿院里长大……上帝呀，怎么能这样！……

巴比松人亚历山大·伊万诺维奇已经用神父般的大粗嗓子含情脉脉地演唱起意大利语的咏叹调来，醉醺醺的加夫里林非常可笑地表演起小狗抓跳蚤的节目。他翻起眼皮汪汪叫，一会儿生气，一会儿得意，接着又把脑袋伸进胳肢窝里，逗得大家捧腹大笑。罗伯特·维克多罗维奇微笑着，金属般的眼睛和刚刚镶好的金属假牙闪出两道光来。

夜里2点多钟，彼得堡的阿廖沙来了，他是塔妮娅狂热的崇拜者。他带来了他已开始适应的未来的名气和一小袋灰色草末，在涅瓦河边他属于这种亚洲癖好的首批追随者。阿廖沙不讲客气，马上掏出吉他，唱了几首忧愤的讽刺歌曲，又唱了几首滑稽歌曲。他边唱边猛烈地扭动着，像闹剧中的丑角似的拼命张着大嘴巴。

阿廖沙心向着塔妮娅，塔妮娅心向着亚霞，亚霞在这元旦之夜则心向着塔妮娅的家。凌晨，客人离去，姑娘们帮助收拾好桌子，而后，索尼娅叫亚霞留下来睡在没人住的边角那间房子里。第二天白天，罗伯特·维克多罗维奇到处寻找灰色画纸，在那里发现了亚霞。

家里很安静。索尼娅把房子收拾好，就看姐姐去了。塔妮娅在自己的房间里熟睡着。亚霞听见门响，睁开眼睛，向在衣柜后面翻箱倒柜、嘴里小声骂街的罗伯特·维克多罗维奇注视了许久。她端详着他的背影，试图想起他长得究竟像哪个美国演员。她平时喜爱逐页翻阅波兰《艺术之窗》画报，曾经在那里见过这样的面孔、这样的银色短发。她怎么也想不起来那个演员的姓名，但觉得连那个美国人穿的衬衣，也和罗伯特·维克多罗维奇的一样，是件大格子衬衣。

她在床上坐了起来，床垫发出吱吱的响声。罗伯特·维克多罗维奇猛然转过头来。索尼娅肥大的睡袍里探出了短脖子、黄头发的小脑袋。小姑娘用舌头舔了一下嘴唇，微笑着，把睡袍的袖子往下一拉，一下子从领口里钻了出来。她动动腿，把被子踢到地上，然后直起身来，肥大的睡袍便轻轻地滑了下来。她迈开儿童般的小脚，在冰凉的木板地上向罗伯特·维克多罗维奇跑了过去，从他手里抢过他好不容易找到的那卷画纸，转眼间代替那卷纸投入了罗伯特·维克多罗维奇的怀抱。

“干一次，快一点儿。”这个务实的仙女从不调情，说出了她平时向自己的恩人马利宁警察所说的话。但对马利宁警察那样做时她很清楚自己的动机，而此时却没有打什么自私的小算盘，自己也弄不清是为什么……出自对这一家的感恩之情吧……还有，因为他长得太像那个美国演员、那个名叫彼得·奥图尔什么的电影明星……

至于男人可能会回绝被送来的好事、不接受这种关照和报恩的举动，她是根本未料到的。小小的个子、像是用雪白的暖木在车床上雕刻出来的她，把欢欢喜喜的小脸儿伸向了罗伯特·维克多罗维奇。

他向背后的衣柜退了几步，严肃地说了一声："快回被窝，会感冒的！"便走出房间，把画纸也落在那里了。他还从未见过这种像月亮一样银光闪闪的裸体。

亚霞钻进尚未变凉的被窝，一分钟后重新入梦。睡得真香，梦中还在享受着温馨家园里安心睡觉的甜美。索尼娅的睡袍她没有再穿上，被她枕在脸下，散发着天堂般的香味。

罗伯特·维克多罗维奇则像是被蛇咬了似的，在隔壁房间里踱来踱去，抽动着肩膀，扭动着脑袋。新年刚到，窗外早早地就变得昏暗起来，索尼娅迟迟未回，塔妮娅也没从咯吱作响的楼梯上下来。于是他悄悄地推开边角房间的门，轻轻地走到床边。小姑娘蒙头大睡，露在外面的只有黄色的后脑勺。他把发干的双手塞进雪堆般的暖暖的被窝里。他这样干预亚霞的梦，并没有打断她的酣睡，也没有破坏什么。亚霞只是转身向着他的怀抱，罗伯特·维克多罗维奇就这样开始了最后的一段生活。

到了晚上，新年的寒冷如往常一样愈发加剧了。应该说是去年吃剩的饭菜仍摆在桌子上，变得愈发干硬。罗伯特·维克多罗维奇一口也不吃。吃剩的饭菜令他作呕。他心里怀念着英明的祖先，他们在复活节过后总要把剩饭剩菜统统扔进火里，决不允许这样虐待它……

索尼奇卡毫无意义地用小勺搅拌着没有放糖的茶水，想跟丈夫说句什么重要的话，又找不出合适的字眼来。

罗伯特·维克多罗维奇若有所思地捕捉着年老的骨髓透出的幸福的隐隐约约的嗡嗡声，试图回想起他何时有过与之类似的感受……这种奇怪的往事重现的感觉是从哪里来的……或许是童年时代，他在冰凉的第聂伯河里打滚过瘾后，爬上吱吱作响的滚烫的沙滩，钻进沙堆，用沙滩浴暖身，直到骨头里开始舒舒服服地发麻，有过类似的体验……还有一次相近的感受，那是一天晚上，阿维格多尔的小儿子鲁维姆（多年以后他改名为罗伯特·维克多罗维奇）到院子里小便，抬头看见天空中所有星星都睁开炯炯有神的好奇的大眼睛自上而下地望着他，轻轻的叮当声像百褶大斗篷覆盖着天穹。他仿佛感到连接宇宙的所有丝线都集中在他这个小男孩的手里，每根线的顶端都悬挂着丁零零作响的悦耳的小铃铛。而在这巨型的八音盒里他就是核心，整个宇宙都顺从地与他呼应着，呼应着他心脏的跳动、肺部的呼吸、血液的流动和温暾暾的尿液的喷洒……他整理好掀起的睡衣，缓缓地举起双手，像是在指挥这一宇宙乐队似的……音乐之声穿过他的全身，好似一股甜蜜的波涛在骨髓里滚滚流动……

他已淡忘，确实淡忘了这首乐曲，只有点点回忆还长年依稀残存……

"罗伯特，让这个姑娘在我们家里住些时候吧。角上那间屋子没人住。"索尼奇卡停止搅动茶杯里的小勺，轻声说道。

罗伯特·维克多罗维奇用惊异的目光瞥了妻子一眼，说了一声他在涉及与他不相干的事情时通常说的那句话：

“随你便吧，索尼娅。随你便去做吧。”

说罢，就回到自己的房间去了。

亚霞搬到索尼奇卡家来住了。她秀气、文静，话不多，索尼娅看着她觉得喜欢，同时又助长了她内心的自豪感：对孤儿给以保护是积德的好事。随着年龄的增长，索尼娅越来越清晰地感到自己有犹太人的根，这样做既能带来快乐，又是在心甘情愿地履行义务。

她对礼拜六的回忆重新复苏，向往着祖辈所过的那种井然有序、遵循宗教仪式的生活。那种生活有坚不可摧的基础，坚实的粗腿大桌上铺着硬邦邦的节日台布，摆着蜡烛和家制的面包，还有每一家犹太人在礼拜六的前夕都要举行的神秘的家庭仪式。索尼娅与这种古老的生活早已分离，她把自己无意识的宗教热情转向厨房里的忙碌，洗肉、剥葱、切胡萝卜，准备硬挺的白色餐巾，把餐桌安排得井井有条，把调味瓶、餐刀架、左右边的平盘等都摆放得很有讲究。她这些做法遵照的是与过去完全不同的崭新的资产阶级的规矩，但索尼娅是意识不到这些的。

近几年来家境尚好，使她突然感到家里的人口太少了，内心里为自己没有遵循本民族的传统，做到子孙满堂而感到难过。她不断地添置着不成套的库兹涅佐夫瓷器厂制作的调味汁壶和英国的瓷盘子（在下马斯洛夫卡大街的委托商店里，当时这些东西的价格便宜得和跳蚤市场的价格一样），像是在预先考虑女儿塔妮娅的众多后代。

索尼娅的宗教如同《圣经》一样，也分为三个部分。不过，名字不叫作《律法书》、《先知书》和《文苑卷》，而叫作第一道菜、第二道菜和第三道菜。

亚霞坐在桌边，使索尼娅产生家人增多的感受，又使全家用餐变得更加美好，因为亚霞吃饭时举止自然大方，吃得似乎不很多，胃口却总是不错，一直到吃累了才罢休，原因是她对儿童时代经常挨饿的回忆是刻骨铭心的。她仰头靠向椅背，轻轻地呻吟着：

“哎呀，索尼娅阿姨！真好吃呀……我又吃撑啦……”

索尼奇卡满意地笑着，把盛满糖水水果的矮矮的玻璃杯摆在桌上。

两个月过去了。由于亚霞像猫一样能适应环境，又生来懂事、随和，她不仅住进角上那间房子，而且在家中确立了半个亲戚的地位。

一清早，她跑去刷洗学校走廊里疙里疙瘩的地板，晚上又和塔妮娅一起去那里上课。有时她们不去学校，不上昏昏欲睡的老师所讲的内容贫乏的课程，逃学。她们之间的关系已明确为姐妹，而且塔妮娅按年龄来说应为妹妹，可从亚霞搬进她家后却不知不觉地变成姐姐了，她对亚霞的爱慕也已失去了昔日的兴奋和狂热。

姑娘们经常躲进塔妮娅的房间里。塔妮娅盘着腿吹奏一些走调的曲子，亚霞则躺在她脚下蜷成团，小声背诵着奥斯特洛夫斯基渐渐过时的话剧，为报考戏剧学校做准备。

索尼娅对亚霞如此热爱读书很感动。况且她认为，塔妮娅也会顺便了解一些高品位的文化。这一点她是看错了。

姑娘们谈起话来，亚霞主要扮演的是礼貌的听众这一角色。塔妮娅的爱情故事，她是没有太多的兴趣的，内心里也不觉得同情。对女友的热情她丝毫不能理解，但塔妮娅误认为，亚霞反应冷淡是因为她的经历与亚霞丰富多彩的情感相比，显得微不足道。她怎么也想不到，亚霞12岁就已初次享受自由了，因为她没有必要容忍别人把“他们那些可恶的东西”插入自己毫无兴趣的肉体里来……

罗伯特·维克多罗维奇在亚霞身边感到极其痛苦。元旦傍晚的黄昏中在边角那间房子里发生的事情，现在他回忆起来像是着了魔似的，像是被偷看的他人的一场梦。现在他只允许自己用眼角看一下亚霞，看看她那安闲、洁白的面孔，偷偷地饱眼福，全身融化在青春欲望的烈火之中。他不允许自己对她有任何最小的动作，但并不是因为受到肤浅的道德上的顾虑的约束。欲望是属于他的，这个女人却不属于他，再说，由于索尼娅的努力，她和女儿一起占据了受到禁忌的位置，不能属于他了。

他连续几个小时端详着窗外白皑皑的雪地，观察着光线和湿度造成的细腻的变化，也观察着白融融的瓷壶边、桌上的粗厚的碎纸片和略微显出古代字体的古老雕塑的暗白色石膏复制品。

两个月后，他重新提笔作画了，这是20年前在劳改营里练笔、随意仿制枯燥无味的劣质品以后的第一次。

现在他画的是清一色的白色静物画，把自己在磨难之中产生的关于白颜色的本质、关于形式和风格容易压制画意等思想都一一体现出来。他用来表达思想的语言是白瓷糖罐、白色小方块脸巾、玻璃瓶里的牛奶以及凡被认为是白色的所有物体，而在罗伯特·维克多罗维奇的眼光里这一切都构成了探寻理想和奥秘的艰难坎坷的道路。

有一天，当冬季已开始转暖，彼得罗夫斯基公园里雪白的壮观景色已开始萎缩时，清晨他们二人同时出门。罗伯特·维克多罗维奇抱着两个画框和一卷画纸，亚霞提着一个红色布包，里面晃荡着两本夜校教材。

“请您拿一下。”他把画纸塞进她手里，模模糊糊地觉得似乎曾有过类似的场景。

亚霞赶紧抱住画纸，而他把手挪了挪，把画框握好。

“要不，我帮忙给您送过去。”姑娘低着头说。

他沉默不语，她抬起头来，自从他们共居一个屋檐之下，他首次将自己锐利的目光射入她无忧无虑的眼睛里。他点了点头，她那披着白色兔毛三角巾的头顺从地低了下来，跟在他后面，着了魔似的用儿童式的雨鞋踩在他的脚印上。

路不算远，他一直没有回头。他们就这样一个跟着一个地走到一座高楼的大门前，在那里的长长的走廊里，在紧靠着的一间又一间画室里，人们既辛勤又务实地劳动着，创造着有可观稿酬的社会主义艺术……

他背靠着大理石雕像的侧面，用脚笨拙地顶住大门，让亚霞先行。大门砰地一关，他突然感到心脏咚咚地强烈跳动着。跳动的感觉不在胸膛，而在下腹，且渐渐上升，如同地平线上的太阳徐徐升起。大海的波涛声充满了头脑、太阳穴，直到指尖。他把画框放下，把亚霞手里的画纸接了过来。此时他才想起了曾经有过的那一幕。

他笑了笑，把手放在潮湿的兔毛头巾上。她已经机灵地解着自制大衣的大扣子了。这件大衣是她和索尼奇卡一起连续许多个夜晚用旧毛毯改制的。那年时兴大扣子。亚霞的裙子和衬衣上也是一排排的黄扣、白扣。她认真仔细地把这些扣子从做工细致的扣眼里一个一个地掏出来，脱下大衣。

如同警钟一样的隆隆的心跳声充满了所有的毛细血

管，又突然一下子停止了。在这异常的寂静中，她坐到一把破旧的软椅上，平滑的双腿紧靠在一起。然后，她松开脑后的皮筋，披头散发地等待着他摆脱呆若木鸡的状态，获取她并不吝惜的那一丁点儿……

从那天起，亚霞几乎每天都要光顾他的画室。他们的恋爱既狂热又很奇怪地默默无言。平时她一进来，就要坐到她选定的那张软椅上，把头发散开。他用电炉烧好开水，沏上浓浓的红茶，往白色搪瓷缸子里放进五块白糖——因为她深记着孤儿院的生活，糖是怎么也吃不腻的——他还把白瓷糖罐摆在她跟前，好让她不仅往茶里放糖，还可以边喝边吃。

当她慢慢地品味着这种糖浆的时候，他总要久久地凝视她，深入地体会着她的洁白，有亚光白漆粉刷过的空白墙壁做衬托，这种洁白显得比彩虹还要绚丽多彩。她那粉而又白的小手紧握着白亮亮的瓷缸子，被敲碎的大块亮晶晶的白糖闪着白光，窗外露出了白蒙蒙的天空，这一切犹如大型色谱似的很有条理地向她那张白白的鸭蛋脸集中。这脸蛋又白又暖，充满活力，真是个奇迹。这张脸应为基调，其余的一切由此而生，由此而长，由此而欢腾，歌唱着白色的生与白色的死的奥秘。

他在欣赏她。她对此有所察觉，在他的目光下得意起来，女人狭小的虚荣心使她陶醉，愉快地享受着自己至高无上的权威，因为她知道，只需她用孩子般的无耻的口吻说一声："想来一次吗？"他就会点头，把她抱到用旧地毯铺盖的矮矮的沙发床上。如果不说，他就会继续这样瞪眼看着她。真是个可怜虫、小傻瓜，古怪得要死，和别人一点儿也不同，对她可真是爱得发疯。

"爱得发疯。"她心里重复着说，高傲的微笑略微掀动起她的嘴唇。他觉察到她这种有点儿愚蠢的得意忘形的心态，却不忍移开目光，直到她说一声：

"行了……我该走啦……"

他从来不向她提什么问题，她也从不去讲自己的任何事，讲也确实没用。他对她那一片深情和她坚持陪伴他的愿望用不着用语言去确认。在他的身边她感到自己已达到了预想的目标，成为有金钱、有美貌，又有自由的女性。戏剧学校已没有意义了。

4月中旬，他开始画她的肖像。先画了一幅她和茶壶及白花在一起的画像，接着又画了另一幅。就这样，出现了整整一排白色肖像，给人的感觉是，一个面孔仿佛被另一个面孔遮挡，退入阴影，接着又再次出现，所有这些面孔似乎以某种光线折射造成的幻觉相互连接在一起。

罗伯特·维克多罗维奇作画的速度很快。虽然她就在身边，这对画家来说具有重要意义，但这绝不是写生。他似乎已把她吸收进自己的心灵，现在只需偶尔往密藏之处瞟一眼就够了。他利用白天从早到晚一直作画，在画室里度过的时间越来越长了。过去他也喜欢一早就过来，现在干脆经常留下来过夜了。

恰在这时，当家庭的吸引力逐步减弱，罗伯特·维克多罗维奇的生活越来越移向画室，画室又像媒婆似的殷切接待着两个默默无言的情人时，家里的上空出现了乌云。

他们小小的居民区被指定全部拆除。多年来，这类传闻不断，根据却不足，现在突然变为带有模模糊糊的公章的一张可恶的纸片。那是有关房屋拆除、住户搬迁的决议。这份文件没有按规定当面转交，而是邮寄来的。早上邮件送来后，时至中午，索尼娅才在邮箱里发现了这张不祥的纸片。

索尼娅手里捏着这张纸片，跑到画室找罗伯特·维克多罗维奇。本来她一直遵守着彼此心照不宣的规矩，从不去这个地方。罗伯特·维克多罗维奇一人在那里作画。索尼娅坐进咯吱作响的软椅上，丈夫与她默默地相对而坐。索尼娅久久地注视着颜色淡淡的白眼睛女人的多幅画像，明白了谁是真正的白雪公主。罗伯特·维克多罗维奇也看出她已经悟出了真相。他们之间一句话也没有说。

索尼娅默默地坐了一会儿，然后把不幸的通知书放在桌上，离开了画室。走出大门口，她惊异地停了下来。她觉得四周应该是冰天雪地，可街上却是郁郁葱葱、五彩缤纷的5月景象，有轨电车丁零当啷的铃声也好像映出了碧绿的颜色。

她一步步地走向自己的家，走向她热爱的幸福的家，现在这家不知为什么面临一拆到底的前景。眼泪顺着皱巴巴的长脸滴答滴答地流下来，她突然觉得口干，嘴里不停地喃喃道：

“这种事情早就应该发生，早就应该……我从来就清楚，不会是这样……不会是这样的……”

在她走回家的10分钟内，她意识到自己17年来的美满婚姻已经结束，她一无所有了，罗伯特·维克多罗维奇不属于她（他何时属于过什么人？）；塔妮娅完全是另一种人，不知是像父亲，还是像祖父，但绝不是她那种怯生生的秉性，也不属于她；这栋房子，她在夜间能听到它叹息、呻吟，就像老人对自己渐渐成为异物的身体产生的感受一样，可是这栋房子也不属于她了……“年轻、美丽、温柔、秀气，又和他一样才华出众，这样不同凡响的女人陪伴在他的身边，是多么合乎情理呀。他已步入老年，能遇上这样的奇迹，使他再次转向他一生中最重要的事业，重新搞起艺术创作，这真是生活的英明安排……”索尼娅这样想着。

她精神恍惚，浑身轻飘飘的，耳朵里嗡嗡地鸣响着，回到了自己的房间，走到书柜前，随意拿出一本书来，翻开中间一页躺了下来。那是《村姑小姐》[①]。丽莎刚好出来进餐，脸上涂脂抹粉的程度超过了杰克逊小姐。阿列克谢·别列斯托夫装着思虑重重、心不在焉的样子。读着这些段落，索尼娅为完美无缺的语言和高尚文雅的精神所感染，顿时心中生辉，沉浸在静静的幸福之中……

连续数日的搬家准备正在进行着。索尼奇卡打着包裹，把坛坛罐罐、衣服、破布塞进卷烟箱里，始终处于一种奇怪的兴奋状态。她觉得自己正在为过去的生活

① 《村姑小姐》为普希金《别尔金小说集》中的一篇作品。

送葬，每一个包装好的纸箱都装进了她那幸福的日日夜夜、岁岁年年，她深情地抚摸着这些纸棺材。

衣冠不整的塔妮娅神不守舍地在家中徘徊，不断地碰撞着离开原地后似乎在自行挪动的家具。柜橱的小门会意外地忽然打开，椅子会故意地绊你一脚。

塔妮娅不去给妈妈帮忙。她历来只服从她个人的感觉，这会儿她对家里发生的一切极为反感，并完全沉浸在这种心情之中。

另有一个情况使她极为难过。她本来性格内向，当时又很木讷，但在亚霞面前愿意把心乱如麻的思绪全部暴露出来。亚霞明智地保持沉默，对塔妮娅来说成为独一无二的谈话对象，因为她对塔妮娅轻浮的感情抱有友善的中立态度，这对塔妮娅是非常有益的，在这些与其说是对话，不如说是独白的交谈中，塔妮娅学习如何表达思想，如何捕捉形象，从中得到了极大的乐趣。

其他一些朋友，如惹是生非、玩世不恭的阿廖沙和才华横溢、具有过目不忘的记忆力，并且靠它把四面八方的信息牢牢装入脑海的沃洛佳，他们是强行把她拉进自己诱人的世界里的，只有亚霞才留给她独立思考、高谈阔论的机会，使她得以摸索着选择那些细微的东西，靠它们，一个人可以随意拼凑初步的图案，并在以后的生活中照图发挥。塔妮娅对亚霞亲密无间的感情和模糊的感激之情正是由此而生。

在自我欣赏的狂热之中，塔妮娅偶尔会清醒一下，这时她才发觉亚霞还有自己的独立生活。她百般努力，试图进入到亚霞白天（在校外和家外）活动的禁区，遇到的却是温文尔雅的沉默或是含含糊糊的托词，不断碰壁。随意想出的解释是秘密恋爱，这就向塔妮娅提出了一个使她坐立不安的问题：他究竟是谁?

这个问题由于一次巧遇而得到解决。塔妮娅在地铁站附近意外地碰见父亲和亚霞在一起，偷偷目睹了实在是难以想象的场面：他们边走边吃冰激凌，还哈哈地笑着。冰激凌滴答滴答地往下滴，罗伯特·维克多罗维奇用手擦掉亚霞脸上黏糊糊的白点儿，手指头的动作使得塔妮娅这个对各种触摸很有研究的专家浑身一颤，心中生发出一种新的、从未体验过的嫉妒之感。

无论是母亲身为女性的切身利益，还是各种各样的道德准则，都不会让塔妮娅焦虑不安的。令她愤慨的只有一点，对这样一段她丝毫不感兴趣的恋情，为什么要如此卑鄙地隐瞒呢！……

塔妮娅在亚霞面前大闹了一场。亚霞心中对可能这样那样地被揭露早有思想准备，她马上收拾好自己的东西，从雕木装饰的门口悄悄溜走了，这使塔妮娅既痛苦又惊讶。她本来以为她和亚霞的关系比任何恋情都重要……

罗伯特·维克多罗维奇此时正拆卸着他曾几何时亲手制作的书架，没有及时发现亚霞已经离去。

东西搬出家门的日子总算来到了。早年，在追逐猎物式的兴奋之中在普列奥布拉仁斯基市场购买的一套破旧家具，原来觉得是那样的舒适惬意，现在在光天化日之下却显露出地道的穷酸相。家什全都装进篷车，运到令人沮丧的利赫波尔住区很不方便的三间一套的单元里。那里的一切简陋得让人感到屈辱：薄薄的墙壁，叫索尼娅伸不开胳膊的狭窄的厨房，像是未足月而生的短短的澡盆。

罗伯特·维克多罗维奇在加夫里林的帮助下把家具摆好。每一件东西都在顽固地反抗着，不愿进入指定地点，多余的边角到处凸起，总是差几厘米不到位。为了把单开门的小衣柜搬进留给它的墙角，罗伯特·维克多罗维奇不得不把地板线拆掉。包铁边、带有圆盖子的小衣箱险些搬不进新住房里，弄得塔妮娅几乎掉下泪来。

在尽里边的屋子里，索尼娅让他们安排了塔妮娅和亚霞的床铺，她说：

“这是姑娘们的房间。”

亚霞也被索尼娅叫来帮助搬家，她竖起耳朵去听这句话。她怎么也弄不明白，究竟在发生什么事。再说她也不大在乎了。她所珍惜的不是这个家，而是另外一个家。她自认为已经紧紧抓住了主要环节。

索尼奇卡不知从哪儿拿出一个棕色大提包，摆出了神话般的丰盛宴席，有餐巾，有凉肉饼，还有保温瓶里的冰凉的克瓦斯汤。

索尼奇卡照旧把好吃的东西一块块地拨给亚霞吃。亚霞感激地向她微笑着。索尼奇卡真叫她弄不明白。“她不是在耍什么心眼吧?”亚霞煞费苦心地琢磨着，但是她心里清楚，实际情况并不是这样。

大家正吃饭的时候，塔妮娅突然举起胳膊、晃动起头发和乳房，号啕大哭起来，接着又歇斯底里地哈哈大笑。等到这一阵发作突然止住，她浑身被泪水和泼在她身上的凉水打湿时，她声明要马上去彼得堡。

亚霞把她领进刚刚被宣布为“姑娘们的房间”里，这里注定永远不是什么处女的栖身之地。她们钻进亚霞的被窝，亚霞把头后大马尾的皮筋松开，她们互相抚摩着对方的头发，彻底和好了。

但是，塔妮娅到底没有改变自己的主意，当晚便动身去找她那个吸草烟的歌手去了。

罗伯特·维克多罗维奇带着加夫里林和亚霞回马斯洛夫卡街去了。索尼奇卡送走了家人，在搬到利赫波尔的第一个夜晚就变成孤身一人了。她满怀愁闷地思索着自己全线崩溃的生活和突然降临的孤独，然后躺在中间房间没有铺好的沙发上，从捆扎的一摞书里顺手抽出一本席勒选集，一直读到天亮。（别人看这本书早就会睡着的！）她用心阅读着华伦斯坦的故事，自愿沉浸在她年轻时代酷爱的文学麻醉之中。

与索尼奇卡想象的恰好相反，罗伯特·维克多罗维奇根本没有和她分手的意思。每逢星期六他总要来利赫波尔，平时一周还要来上一两趟。来的时候有悄无声息的亚霞随行。她躲进姑娘屋，翻弄自己和塔妮娅的衣服、书本，丝绸裙子沙沙作响，而罗伯特·维克多罗维奇则加宽窗台板，加固书架，把原来的书架锯成两半，把塔妮娅的画像挂在墙上。

他们在索尼娅的中间房间里吃饭。谈话时也提到塔妮娅，她去彼得堡有一个月了，可是一再推迟回到这个可怕的利赫波尔来。

天还不晚时，他们分头上床。亚霞睡在姑娘屋，罗伯特·维克多罗维奇睡在靠近大门他自己的房间里，索尼奇卡则沉甸甸地躺在沙发上，入睡时还欣慰地想着罗伯特就在这里，只有一墙之隔，纤巧美丽的小亚霞在左边那间屋里。只可惜塔妮娅不在家里。

第二天一早，索尼奇卡把昨日剩下的沙拉、肉饼、荞麦饭统统装进玻璃瓶里，绑好瓶口，放到棕色提包里，交给亚霞。

亚霞低头感谢说："谢谢您，索尼娅阿姨。"

亚历山大·伊万诺维奇过生日的那一天，罗伯特·维克多罗维奇叫索尼娅先来画室，然后一起前往。这是他们头一次这样全家出动。亚历山大·伊万诺维奇从离开娘胎以后就固守童贞、修身养性，生活中从没有发现和女士们有什么瓜葛，因而社会上一些友善的人怀疑他犯有更叫人感兴趣的什么毛病。在这一帮人当中，唯独他对三人一起出场觉得很自然。

其余的客人，尤其是艺术界的女士们，躲在角落里，津津有味地讨论着这个新组成的三角关系，像面盆里的面团一样失去自控能力。红头发、有些神魂颠倒的玛格达琳娜为索尼奇卡难过得要死，以至闹起偏头疼来。其实她用不着这样难过，索尼娅对罗伯特把她带来感到很高兴，而且认为他能够对她这样丑陋、衰老的妻子表现得如此忠诚，是值得骄傲的，对亚霞的美貌她也很欣赏。

亚历山大·伊万诺维奇请她帮帮忙，就餐时绕着桌边给客人们分送在商店里买来的一些食品。她记得亚霞经常患胃病，所以靠近她的耳边，悄悄地提醒她说：

“孩子，我觉得这些白菜卷有些那个……你还是小心点儿为好……”

一些女士想责备索尼娅装假，因为在这样一个对她很不利的局面下她仍能表现良好；另外一些人则想对索尼娅表示同情，对罗伯特·维克多罗维奇表示谴责，但根本无法做到，因为他们完全像一家人似的，在桌边也组成家庭三角阵：罗伯特·维克多罗维奇坐在中间，右边是比他高半头的索尼奇卡，左边是小亚霞，她那洁白的面孔和手指上尖尖的钻石闪耀着光芒。

罗伯特·维克多罗维奇给自己的情人在首饰店里买钻石戒指，本是件不可理喻的事情。但说句公道话，亚霞的确属于无依无靠的小可怜那种人，让人情愿往她的小指头上戴宝石，给她怕冷的肩膀上披裘皮大衣……

罗伯特·维克多罗维奇到底没有给外人（或称朋友）以机会，让他们在夫妻二人中去选择目标，或表示同情，或表示谴责，或表示愤慨……

于是晚宴照常进行。酒后的加夫里林先表演了天鹅之死，后又表演列宁，最后按观众要求又表演了大家所熟悉的小狗抓跳蚤的节目。接着是猜字表演，一个在欧洲不是徘徊而是爬行的幽灵（这个欧洲是由三位最肥胖的女士披着白布帘子表演的六条腿的母牛来表示的）。

时至此刻，大家想起了在猜字游戏方面特别有灵感的塔妮娅，一些最有洞察力的女士互相交换了眼光：多么可怜的孩子呀！

可怜的孩子此时住在瓦西里岛她朋友阿廖沙的可爱的小窝里。彼得堡正值白夜季节，她胆子大，又十分好奇，时刻愿意认真地做个什么游戏。他俩根本不想分开，睁大眼睛四处观看。阿廖沙吃惊地发现，塔妮娅在他身边一点儿也不影响他那毫无规律的生活，甚至为他摆脱“苏联的臭东西”（这是他对通行生活方式的蔑称）提供了更多的机会。

在亚历山大·伊万诺维奇家里过完生日的几天之后，索尼娅就去列宁格勒看女儿了。她在院子里等了塔妮娅半天，然后就和她及阿廖沙一起在桌边坐了40分钟。桌上堆满了书籍、唱片、剩饭和空瓶子。她喝完茶就乘晚间列车回去了，嘱咐女儿要常给姨妈打电话，并留给她一笔钱。

索尼娅在火车上难以成眠，总惦记着女儿和丈夫，他们的生活多么美好，真是生机勃勃，遗憾的是她自己的一切都过去了，但有过这种经历也算是幸福呀……她像个老太太似的，随着车厢的震动不停地摇着头，好像已经患上了20年后才会出现的头部痉挛……

接着，冬天又来了。姑娘们本应中学毕业，却双双弃学了。塔妮娅一冬都是在一条路线上跑来跑去，经常和阿廖沙吵嘴，然后回家，但利赫波尔真叫她心烦，她忍不住又要跑到心爱的彼得堡去。

罗伯特·维克多罗维奇整整一冬都在作画。他瘦得厉害，但身上消瘦了，脸上却增加了神采，对别人的态度也好像变得和蔼起来。和他同居的小情人静静地生活在他的身旁，忽而唰唰地打开糖纸，忽而呲呲地翻动着廉价的丝绸（她用亮晃晃的小针不断地给自己缝制颜色不同、式样则千篇一律的服装），忽而又哗哗地翻阅着波兰画报。

当时社会上正流行“波兰热”。那里刮来的是西方的自由之风，虽然在飞越东欧时此风的翅膀变得有些沉重起来。

这时的亚霞已不再隐瞒自己是波兰人了，而且她竟然对儿童时代和母亲交谈时所用的语言还能清晰地记起来。罗伯特·维克多罗维奇除了欧洲几个大语种以外，也懂得波兰语。于是这个带着迷人的大舌音、声调温和的语言使他们俩都开了口。现在，他跟过去给索尼娅讲故事一样，也给亚霞讲些令人难以置信的、可笑的或吓人的小故事。这也是他的生活，虽然由于某种语言上的纯洁感，这似乎是另一种生活，似乎是索尼奇卡所了解的那种生活以外的故事。

亚霞听故事时又哭又笑，反复叫唤着“耶稣马利亚”。她既自豪，又兴奋，使她乐不可支的是，她学会了体验某些愉快的感受，虽然她很早就有和男人打交道的经验，却未曾料到会有这种感受。

他则反复端详着她那永远细嫩的脖颈、她脸上那丰润的皮肤和秀眉下白色的绒毛，思考着年轻物质的宝贵以及俄罗斯唯一一位天才所说的至善至美的形式“应当有点儿愚蠢”这句话。

罗伯特·维克多罗维奇坠入情网，引出了丰硕成果。

他甚至不得不在画室里打起新的橱架来，否则画框已无处可放了。他那白色系列画像已接近尾声。他觉得没有做出什么新的发现，只是把比较容易松动的那块土地耕作了一下，这本身也算是不错啦，但是眼看要揭开的奥秘还是溜走了，给他留下的是接近奥秘的甜蜜的痛苦，还有这位奥秘的全权代表。她的姿色和魅力所向披靡，战胜了他的疲倦、年龄和衰弱的身体。上了年纪的罗伯特·维克多罗维奇对没有节制的做爱并不感到疲惫。

4月底，已经解冻的一个潮湿的夜里，他紧紧抱住亚霞的肩膀，脑袋微微一抖，就重重地扑倒在硬邦邦的枕头上了。

过了一阵儿，亚霞才醒悟到他正在死去。她大叫着冲到走廊上，那里还有7间画室的大门，但画家们不住在这里，也很少有人留下过夜。她拽了拽隔壁两间屋的门把手，就从4层楼飞奔下去找传达室的电话。

传达室里，披头散发的老太婆看见一丝不挂的亚霞，轻轻地叫了一声，但亚霞一把推开她，嚷道：

“急救车，快……急救车！”

她用哆哆嗦嗦的手拨通了电话。

大夫赶来时，罗伯特·维克多罗维奇已经停止了呼吸。他趴在床上，发黑的脸扎进枕头里。亚霞到最后也未能给他翻过身来。

死因是一清二楚的。

“脑溢血。”一个可恶的胖大夫嘟囔了一声，嘴里散发着酒气和恶臭的食品的味道。然后，他写下太平间的电话。

卫生员晃荡着没派上用场的担架下楼走了。

“老头子啦，还是趴在娘儿们身上死的。这娘儿们够年轻的。”其中一个说道。

“那又怎么样？”另一个反驳道，“总比烂在医院里强吧。”

利赫波尔那套房子里没有电话。亚霞跑去找索尼娅，她正准备喝早餐咖啡。索尼娅一听到噩耗，头微微颤抖起来，一把把亚霞拉到怀里，两人在门厅里久久地抱头痛哭。

接着，她们去画室。尸体已运到太平间了。两个班组的人，先是医生，后是运尸队，把画室搞得杂乱不堪，正常生活中绝不会出现这个样子，她们赶快收拾起来。

索尼娅把床上外人看了丢人现眼的被单撤下，塞进自己的提包里，然后给塔妮娅往列宁格勒打电话。邻居告诉说，她和阿廖沙外出了。亚霞像个孩子似的，一直拉住索尼娅的手不肯放。她现在是孤儿，索尼娅则是母亲。

看门老太婆对凡是愿意听她讲述的人都绘声绘色地讲述了老罗伯特是如何丧命的丑闻。邻居画家们从中午开始陆续过来慰问，每人都送来自认为合适的东西，有人送花，有人送伏特加酒，有人送钱……

社会舆论也随即形成，对罗伯特惋惜，对亚霞仇恨和鄙视，对索尼娅则复杂一些，人们似乎等待着她的举动，用好奇的当然也带有同情的目光观望着她。

时至深夜，画室里留下的只有一些最亲近的朋友，索尼娅在悄悄的、无泪的哭泣之后，突然坚定地说：

“你们安排一间大一点儿的礼堂吧。我愿意在摆放灵柩的地方把这些画都挂上。”她伸手向上指了指存放画框的壁橱。

巴比松人和加夫里林交换了一下眼色，点头同意了。

事情照这个意思办成了。

美术基金会提供了礼堂。他们事先把画挂好，一共是52幅。挂画时，由索尼娅指挥，恐怕不会有人比她安排得更好了。正挂着，太阳突然露头，阳光炽烈刺眼，妨碍甚至干预了索尼娅的工作。白色画面像镜子一样反射着阳光，弄得光影交错，索尼娅马上叫人把公家的百褶帘拉下来。等把油画挂好了，又把帘子拉了上去。这时太阳已不再捣乱了，一切都准备停当。就是罗伯特·维克多罗维奇自己也不会安排得比这更好。

第二天中午12点，人们络绎不绝地赶来。前来送葬的人如此之多，真是无法想象。因给某人（我不想说是谁）画像手上起了茧子、胸上挂满了勋章的老一辈的大师们，代表温和的新潮流的中年画家们，美术家协会的元老不让进门的那些痞子，利阿诺佐夫区的二流子们，可恶的先锋派们统统来了。

这种身后办展览的气氛是不适合开展讨论的，而且罗伯特·维克多罗维奇本人也从没有对自己的事业进行讨论的欲望。

礼堂中央放着灵柩。死者脸色发黑，犹如被火炼过一样，唯独交叉在胸前的双手闪烁着冰凉的白光。这种颜色罗伯特·维克多罗维奇曾称为无生气的白色。

身穿黑色丝绸丧服的亚霞紧贴在没有体形的、粗壮的索尼奇卡身上，像个小企鹅躲在妈妈的翅膀下一样，从她胳膊下面探出头来。塔妮娅没有在场，她去快乐的中亚寻找绿色的牧场，一直没有和她联系上。

想交头接耳、讨论死者的丑闻的人们，只得到门厅去。进到礼堂以后，连那些最乐于议论他人隐私的人也安静下来，走到索尼娅跟前，尴尬地说一些慰问的话。

索尼娅把亚霞往前轻轻推一推，机械地回答着：

“是呀，真不幸……我们真不幸呀……”

偕同年轻情妇前来和老朋友告别的蒂姆勒用惆怅的、尖尖的声音说道：

“多美呀……利亚和拉结[①]……从没有想到利亚有这么美……”

上帝赐给索尼奇卡以长寿，让她长久地、孤独地生活在利赫波尔。

塔妮娅逐步和阿廖沙明确了婚姻关系，所得的嫁妆是那座迷人、寒冷的城市，只有高傲、独立的个性才能适应这个地方。她变成了彼得堡人。她的才华是晚熟的。20岁以后才发现，她对音乐、绘画及其他只要她随便一接触的专业都有突出的才能。她轻而易举地掌握了法、意、德等几种语言（只有英语不知为什么总引起她的反感），却始终安定不下来。直到1970年代中期，她

① 利亚和拉结系《圣经·旧约》中雅各的两个妻子。雅各不爱利亚，但上帝让她比拉结先得子。

同阿廖沙及随后两任短期丈夫陆续离婚之后，才抱上一岁半的儿子，背上一个提包，流亡到以色列去了。没过多久，她在联合国机构谋得一个很好的职位，其中一个原因就是她父亲所享有的国际名望给她帮了大忙。

亚霞在利赫波尔的索尼奇卡家里住了几年。索尼奇卡对她照顾得无微不至，心中虔诚地感谢命运的安排，让她亲爱的丈夫罗伯特晚年能遇上这样的美事，能得到这样的慰藉。

亚霞又想报考戏剧学校了，但热情锐减。她和索尼奇卡待在一起时很喜欢做手工，时而给塔妮娅织什么毛毯花样的别致的毛衣，时而给女客户缝制衣裳，但更多的时间还是用来坐在一起，大杯大杯地喝浓咖啡，吃索尼娅做的蜜点心。亚霞精神上越来越萎靡不振，索尼奇卡见此情景，背着她，经过长时间的通信，找到了她的祖母和两个姑姑，虽然她们并不是贵族，而是普通老百姓出身。索尼娅给亚霞安排好，把她送到波兰。事情的结局真是和典型的童话故事一模一样。亚霞在那里遇到了一个年轻、英俊、富有的法国人，嫁给了他。现在她住在巴黎，离卢森堡公园不远的地方，离罗伯特·维克多罗维奇原来的画室只有两步路，但她对此当然一无所知。

彼得罗夫斯基公园的那栋房子，在住户迁出后，许多年被扔在那里，无人过问。窗户的玻璃被打碎，墙壁上布满了小孩子淘气放火的痕迹，夜间有野猫、流浪汉在那里栖息，有一天还发现了一个被打死的人。

后来，那栋房子的顶棚塌陷了，令人不解的是，为什么当初这样着急地把住户迁到无人居住的郊外去呢。

罗伯特·维克多罗维奇的52幅白色油画卖到世界各地。现代艺术拍卖会上，只要出现其中一幅，就会诱发收藏家们发生心肌梗死的前期症状。他在战前巴黎时期的作品更是价值连城，现已所剩无几，共余11幅。

索尼娅变成长有胡须的胖老太婆，继续住在利赫波尔区赫鲁晓夫时期建的5层简易楼的第3层里。她既不愿意回到她女儿入籍的那个历史上的祖国，也不愿意搬到女儿目前工作的瑞士，甚至罗伯特·维克多罗维奇生前如此喜爱的、她的第二个女儿亚霞反复请她去的巴黎，她也不肯去。

她的身体越来越不行了，可能是有了帕金森病的苗头。她手里的书不断地颤抖着。

一到春天，她就要去沃斯特里亚科沃公墓，在丈夫的坟上种些白色的小花，却从来没有把花养活。

晚上，她总要把轻巧的瑞士眼镜架在鸭梨般的大鼻子上，埋头在甜蜜的深渊、阴暗的林荫小径和猛如春潮的河水里。

图书在版编目 (CIP) 数据

索尼奇卡 / (俄罗斯) 柳德米拉・乌利茨卡娅著；
李英男译 . — 北京 ：北京十月文艺出版社，2020.10
(俄罗斯当代长篇小说丛书)
书名原文：Sonechka
ISBN 978-7-5302-2057-3

Ⅰ . ①索… Ⅱ . ①柳… ②李… Ⅲ . ①长篇小说—俄
罗斯—现代 Ⅳ . ① I512.45

中国版本图书馆 CIP 数据核字 (2020) 第 091163 号

著作版权登记号 图字：01-2019-0108

索尼奇卡
SUONIQIKA
(俄罗斯) 柳德米拉・乌利茨卡娅 著 李英男 译

出 版 北 京 出 版 集 团
北京十月文艺出版社
地 址 北京北三环中路 6 号
邮 编 100120
网 址 www.bph.com.cn
发 行 新经典发行有限公司
电话 (010) 68423599
经 销 新华书店
印 刷 北京盛通印刷股份有限公司
版 次 2020 年 10 月第 1 版
2020 年 10 月第 1 次印刷
开 本 880 毫米 ×1230 毫米 1/32
印 张 4.25
字 数 50 千字
书 号 ISBN 978-7-5302-2057-3
定 价 39.00 元
质量监督电话 010-58572393
如有印装质量问题，由本社负责调换。